COLLE

Thomas Raucat

L'honorable partie de campagne

Gallimard

A Tokio, en 1922, l'Exposition universelle bat son plein. Parmi la foule des visiteurs, un Européen suit deux jeunes Japonaises avec l'intention manifeste de les aborder; un Japonais tente non moins visiblement de rejoindre l'Européen. Tous se retrouvent à bord de la grande attraction de l'année, l'hydroplane. Le premier arrive à ses fins : la plus jolie des deux inconnues accepte d'aller le surlendemain visiter avec lui l'île célèbre d'Enoshima. Le Japonais se précipite : nul autre que lui-même n'aura le plaisir de montrer Enoshima à l'honorable étranger et il l'attendra à la gare accompagné de quelques amis.

Pour avoir les coudées franches, l'étranger décide de prendre un autre train que son hôte japonais. Il aura beau faire : les mille et une complications de la vie nippone vont se jeter à la traverse de ses projets galants.

Huit des personnes mêlées à cette aventure racontent leur journée : ces récits qui se succèdent, se conjuguent comme en un diorama qu'éclairent subtilement l'humour et la gentillesse, pour former progressivement une image du Japon d'une étonnante vérité. Le trait comique, presque caricatural au premier abord, s'approfondit — et c'est une estampe de qualité qui surgit d'entre les pages du roman.

Si ce livre conserve toute son actualité à une époque où le Japon occupe le devant de la scène, c'est qu'il a su décrire le choc de deux civilisations, et peut-être parce que son auteur avait choisi l'humour comme méthode, sans doute la seule clef à notre disposition pour pénétrer dans l'Empire du Soleil levant.

C'est en tout cas ainsi que les Japonais voient L'honorable partie de campagne, sans une ride après soixante ans. Il reste aux jeunes Français, tous intrigués ou fascinés par le Japon, à les rejoindre.

Tomarô ka est la transcription phonétique approximative de l'interrogation japonaise : « Ne m'arrêterai-je point ici ? », et c'est le pseudonyme que choisit Roger Poidatz pour signer son premier livre *L'honorable partie de campagne*. Il ne s'est arrêté de publier qu'après le second — un recueil de nouvelles dont certaines ont paru dans *Le Crapouillot, Les Marges* et *Le Divan*. Édité d'abord chez Émile Paul en 1927 sous le titre *De Shangaï à Canton*, ce recueil augmenté de nouveaux textes a paru l'année suivante chez Gallimard sous le titre *Loin des blondes*.

Né à Paris en 1894, ancien élève de l'École polytechnique, Roger Poidatz est aviateur dans une escadrille de reconnaissance pendant la guerre de 1914-1918. C'est en tant que spécialiste de la photographie aérienne qu'il est envoyé au Japon comme instructeur après l'armistice. Sa mission achevée, il regagne l'Europe à petites étapes par la Chine et l'Inde.

C'est pendant ce voyage qu'il rédige *L'honorable partie de campagne* qui, dit-il, est « en quelque sorte un raccourci de mon année et demie de vie au Japon ». Paru en 1924, le roman n'a cessé de connaître un vif succès justifié par cette remarquable stylisation d'un Japon qui a peu changé depuis.

PROLOGUE

EN HYDROPLANE

Tokio [1], le samedi 10 juin 1922, trois heures de l'après-midi. Après l'ondée torrentielle de la nuit, brille un soleil ardent.

Dans le parc municipal d'Ueno, l'Exposition Universelle de la Paix bat son plein. Une foule multicolore se presse autour de constructions étranges qui mélangent tous les styles d'architecture et qui renferment les produits les plus divers.

Mais pour le public, la principale attraction se trouve sur l'étang d'Ueno. L'été dernier ce lieu était encore un marécage paisible couvert de lotus roses. Dans une île s'érigeait un petit temple discret. Aujourd'hui, l'étang est coupé en deux par un large pont de béton, le pont de la Paix. Du lac jaillissent des jets d'eau, et la nuit ses profondeurs sont illuminées. Toute la journée il est parcouru par deux tapageuses machines que la foule admire avec ébahissement ; ce sont les hydroplanes.

1. NOTA : Dans les mots japonais, prononcer *e* comme *é*, *u* comme *ou* et à la fin des mots comme *e* muet. Il n'y a pas de diphtongues : les voyelles successives s'énoncent séparément. Prononcer *ch* comme *tch*, *j* comme *dj* ; le *g* et l'*s* sont toujours durs, l'*h* fortement aspiré.

Trente personnes peuvent y tenir assises dans une grande nacelle supportée par des flotteurs. De chaque côté se trouvent des ailes en toile, assez petites pour qu'il n'y ait pas de risque de s'envoler. L'hélice aérienne tourne très vite au milieu d'un grand bruit. La machine avance, mais ne peut rattraper les cygnes noirs de l'étang : le moteur n'a que six chevaux.

Le billet coûte 10 sen [1] et pour ce modeste prix on écoute, émotionné, les terrifiants ratés qui précèdent la mise en marche ; ensuite on fait aux yeux de tous le tour de l'étang et on descend en riant, les oreilles encore assourdies et avec la croyance absolue d'être monté en aéroplane. Pour la majorité des visiteurs, c'est le plus beau souvenir de l'Exposition.

Deux jeunes filles suivaient l'allée qui longe le lac, se dirigeant vers l'embarcadère des hydroplanes. Elles étaient habillées de couleurs joyeuses et paraissaient dix-huit ans au plus. Si l'une était fraîche, l'autre était remarquablement jolie. A juger par leur coquetterie élégante, ce n'étaient pas des paysannes, mais des citadines de Tokio. Telles que, vues de dos, le corps coiffé de leur ombrelle, l'une figurait une capucine et l'autre un géranium.

A dix pas derrière, marchait un Européen qui ne les quittait pas de l'œil. Ce n'était plus un jeune homme, mais son aspect était élégant et soigné. Il était très grand et corpulent, et son visage rasé

1. L'unité monétaire japonaise est le yen qui, à cette époque, valait un peu plus de 5 francs. Le yen est divisé en 100 sen qui correspondaient donc chacun à un sou.

montrait le nez long et fin des sensuels. Il suivait les jeunes filles depuis quelque temps et guettait l'occasion de les aborder.

Plus loin, dans la foule, un petit homme au teint asiatique essayait de se glisser entre les groupes pour rejoindre l'étranger. Il était habillé correctement d'un veston européen, et sa chaîne de montre était en or. C'était un industriel aisé de Tokio, et il avait reconnu au passage l'Européen avec qui il avait été en relations quelques mois auparavant. Il désirait lui souhaiter le bonjour.

Les jeunes filles s'arrêtèrent devant le kiosque des hydroplanes. Par chance, il n'y avait pas trop de monde auprès du guichet. Elles prirent aussitôt des billets et allèrent en riant s'asseoir dans la nacelle. L'étranger les avait suivies et réussit à prendre place sur la banquette juste à côté de la plus jolie. Il se préparait à parler à sa voisine quand il sentit une main se poser sur son épaule. Il se retourna : c'était son ami japonais qui l'avait rejoint et était parvenu à s'asseoir derrière lui.

Le Japonais avec beaucoup de politesse lui demanda de ses nouvelles. L'étranger répondit en langue japonaise, de façon suffisamment compréhensible. Il était agacé de voir se prolonger l'entretien et dit seulement qu'il était très occupé par l'importante mission qui l'avait appelé à Tokio : son séjour n'était pas près de se terminer.

Le moteur se mit en marche, et son bruit suspendit leur conversation. L'étranger se tourna alors vers sa voisine. Il avait de l'expérience et savait que les jeunes filles de Tokio résistent rarement à l'offre d'une promenade. Après des préambules polis, il lui proposa de l'emmener déjeuner à la campagne un jour prochain, et il énuméra différents endroits possibles.

L'hydroplane avait commencé le tour du lac. Le moteur crépitait devant eux, et bien qu'on n'avançât pas vite on avait beaucoup de vent. L'étranger parlait aussi fort qu'il pouvait et la jeune fille gardait ses yeux obstinément fixés sur la pointe de son ombrelle, ne paraissant nullement l'écouter. Comme il prononçait le nom d'Enoshima, qui est un lieu d'excursion très renommé des environs de Tokio, la jeune fille leva enfin la tête en souriant un peu. Alors ils discutèrent.

Si les jeunes filles de Tokio sont très naïves, elles sont aussi très timides. L'étranger dut faire à ses désirs bien des concessions. Sa voisine accepta avec plaisir d'aller visiter Enoshima, et il fixa le jour au surlendemain : demain dimanche il y aurait trop de monde. Comme elle n'osait pas voyager avec lui dans le chemin de fer, il convint finalement qu'elle pourrait prendre le train suivant, en emmenant avec elle une amie si elle voulait. On se retrouverait là-bas à l'hôtel.

L'étranger n'avait jamais été à Enoshima et n'y connaissait pas d'hôtel. Cyniquement, il se retourna vers son ami japonais et lui demanda un nom. L'autre lui cria : « Hôtel Umematsuya[1] ».

Cela suffisait ; l'étranger avait sur lui l'horaire du chemin de fer. Il prendrait le train de 9 h 45, et sa voisine celui de 10 h 20. C'était au fond préférable. En arrivant le premier, il pourrait mieux combiner

1. La Maison du Prunier et du Pin (ces arbres portent bonheur).

le séjour à l'hôtel, qui pour lui était le seul point d'intérêt.

Pour que la jeune fille n'oubliât pas et se considérât comme engagée, l'étranger lui régla d'avance les frais du voyage en lui mettant dans la main un billet de 10 yen sur lequel il avait marqué l'heure du train à prendre et le nom de l'hôtel.

Elle glissa le billet dans sa ceinture sans regarder ; puis, la tête baissée, le remercia avec confusion. Elle engagea ensuite une conversation animée avec l'autre jeune fille.

La nacelle achevait sa courbe sur le lac. L'étranger ne regrettait ni les 10 sen de son ticket d'hydroplane, ni ses 10 yen, ni la rencontre du monsieur qui s'était trouvé à point pour lui indiquer l'hôtel.

La nacelle aborda au rivage et tout le monde se leva pour sortir. A ce moment, le Japonais se précipita vers l'étranger dont il serra les mains avec une politesse très agitée. Il avait à moitié entendu la conversation précédente.

— « Hélas, s'exclama-t-il, Votre Seigneurie ne connaît pas encore Enoshima, une des merveilles du Japon. Et au lieu de vous adresser à votre humble ami, qui se serait fait un honneur de vous y conduire, vous vous en êtes ouvert à deux personnes du peuple.

« Votre discrétion excessive envers moi a été presque une offense. Mais cela sera réparé. Nul autre que moi-même ne vous montrera Enoshima. Et puisque après-demain vous convient, je me trouverai à la gare au train de 9 h 45, accompagné de quelques amis que je réunirai pour vous honorer.

11

Et je vous recevrai modestement à l'hôtel Umemat-suya. »

L'industriel japonais quitta précipitamment la nacelle, et chercha dans la foule avoisinante les jeunes filles pour leur dire de ne pas se déranger le surlendemain. Mais il eut beau chercher, il ne les trouva pas. Elles avaient disparu les premières, très vite et très joyeuses.

L'étranger descendit parmi les derniers, et se dirigea lentement vers la sortie de l'Exposition. Il paraissait contrarié, mais, tenace comme sont les amateurs de femmes, il n'avait nullement renoncé à son projet de posséder lundi la jeune fille inconnue.

CHAPITRE PREMIER

JEUNE FILLE

Soleil, vent, pluie, boue,
Cerisier fleuri secouant
Ses fleurs de blancheur.

Comment, déjà 5 heures du matin! Comme
l'heure marche vite. Jamais je n'aurai le temps de
préparer ma toilette tout à l'heure pour le train de
10 heures. Et je ne veux pas manquer au Seigneur
qui m'a invitée ni surtout aux deux honorables-
amies que j'ai l'honneur d'emmener. Ce sera
Otoku-San[1] mon intime amie, et qui se trouvait
avec moi à l'Exposition où le miracle est arrivé; je
ne pouvais faire moins. J'ai eu le plaisir d'inviter
aussi une dame voisine qui est mariée. Le grand air
fera du bien à elle et à monsieur son petit garçon.

A présent, je suis en train de préparer mon *obi*[2] :
c'est long et difficile. On coud à l'envers la doublure
contre l'endroit. Ensuite on retourne le tout comme

1. Mademoiselle Honorable-Bienfait (prononcer Otoksane).
2. Longue et large ceinture; de beaucoup la partie la plus chère du
vêtement féminin.

une peau d'anguille. Il faut que cela soit absolument rectiligne et qu'aucun point ne se voie. Ensuite, je devrai coudre à mon kimono de dessous les fausses manches de soie, puis aussi les fausses manches de chemise européenne qui ont un dépassant brodé. Je devrai fixer sur le kimono le col que j'ai acheté hier et vérifier les coutures des *tabi*[1] que j'ai lavés aussi hier.

Ensuite je devrai me coiffer soigneusement, agenouillée au miroir. Il y a toujours quelque chose qui cloche. Il est si difficile de placer élégamment les épingles. En même temps, je me badigeonnerai le visage et le cou avec du lait de beauté. C'est obligatoire.

S'habiller n'est pas trop long. Il y a seulement l'*obi* qu'il faut nouer harmonieusement dans son dos en se retournant pour voir le miroir. Je devrai m'examiner longuement devant la glace. Si réussie que paraisse toute la toilette, le moindre petit détail manqué suffit à vous rendre ridicule. Et il y a beaucoup de petits détails : je suis loin d'être encore prête.

Que cet *obi* est long à coudre ! Heureusement le temps est magnifique. Tout à l'heure, quand je me suis levée, la lune blanche comme la soie éclairait un ciel pur. J'ai été enthousiasmée : la promenade sera radieuse. Et pourtant, nous sommes dans cette saison qu'on appelle la *pluie des prunes*.

Voir Enoshima qu'on dit si merveilleux. C'est une île, tout contre la côte. Il doit y avoir des pins bien tordus et des rochers de toutes les couleurs... Je

1. Sortes de chaussettes.

14

n'aurai probablement jamais plus l'occasion de refaire cette extraordinaire promenade. Il faut de l'argent, hélas !

Monsieur mon père est fonctionnaire dans la douane à Fusan en Corée, et bien qu'il porte un uniforme très chamarré, il ne gagne pas assez pour m'envoyer beaucoup de monnaie. Il est vrai que, depuis la mort de madame ma mère, il s'est remarié deux fois et il a sept nouveaux enfants à élever. Je ne les connais pas tous. Monsieur mon père pense bien à moi tout de même et chaque fois qu'il m'écrit je trouve dans la lettre et sans explication un petit mandat. Monsieur mon frère aîné n'est pas très riche non plus. Il est marié à Tokio. Je ne le vois pas souvent, mais bien que suivant la règle familiale ce soit moi qui doive travailler pour lui, il me donne quelquefois un petit cadeau d'argent.

Je pourrais habiter chez madame ma grand-mère qui est riche. Elle dirige un des restaurants de la ville de Kozu. Je pourrais vivre sans rien faire. Mais je préfère demeurer à Tokio où je me sens beaucoup plus heureuse. Être de Tokio est une telle dignité. Quand je vais en visite à Kozu, tout le monde me respecte comme une personne de la capitale.

J'habite ici chez monsieur mon oncle où je suis logée et nourrie ; en échange, on me demande d'aider un peu la servante pour le nettoyage et la cuisine. Ce n'est ni long ni pénible. A part cela madame ma tante ne s'occupe pas beaucoup de moi. Je suis en excellentes relations avec messieurs leurs enfants qui sont seulement deux : monsieur mon cousin a vingt ans[1] et il aide à l'honorable-boutique. Mademoiselle ma cousine a treize ans ; elle se rend tous les jours à l'école.

Monsieur mon oncle est horloger, il habite le quartier de Ryogoku qui est bien agréable. C'est un peu populaire mais très animé. On se trouve aux parages des demeures de messieurs les lutteurs, et tout près du fleuve Sumida. Au moment des luttes et des fêtes sur la rivière, il vient beaucoup de monde et c'est très plaisant...

Ah ! monsieur le Cri-cri[2] pourquoi ne chantes-tu pas dans ta cage. Tu t'ennuies, tu as faim. Je descends à la cuisine et je te rapporte un morceau de pêche...

Cet *obi* est long à coudre ; mais peu à peu il devient beau. La toilette est préoccupante mais passionnante. C'est la seule chose importante de la vie. Jamais on n'a fini d'y réfléchir ; et pourtant je ne m'occupe chaque fois que de la prochaine, pas encore de celles qui suivront.

On devrait porter chaque jour une toilette neuve, mais je ne suis pas assez riche. Alors, chaque fois que je sors, je change quelque chose de manière à ne jamais être deux fois la même. En tout cas, il y a la toilette du Nouvel-An qui doit être absolument nouvelle, et la toilette ne comprend pas seulement la robe, mais encore la ceinture et ses cordons, la cravate, le petit sac, le parapluie ou l'ombrelle, les

1. Les Japonais comptent les âges d'une façon spéciale. Lorsque c'est un personnage japonais qui parle, retrancher un an pour avoir l'âge évalué à peu près à notre manière.

2. Au Japon, pendant l'été, on accroche dans les maisons des grillons en cage.

chaussettes, les *geta*[1] et les épingles à cheveux. Aussi les vêtements de dessous. On ne les voit qu'à peine lorsque le kimono s'entrouvre un peu quand on marche. Mais c'est précisément pour les petits détails qu'il faut être soignée. C'est cela que les autres regardent et qui vous donne bonne apparence.

On doit avoir une toilette neuve pour les fêtes de Février, puis en Avril pour les cerisiers. Les dessins de l'*obi* reproduisent les fleurs du cerisier. Ensuite, il y a la fête des garçons, la fête des glycines, puis vient l'été. Les toilettes sont plus légères et plus éclatantes. A l'automne la ceinture doit à nouveau reproduire les motifs de la saison. Plus de papillons mais des feuilles rouges d'érable et ensuite des chrysanthèmes. C'est la fête du Riz Nouveau. Enfin vient la toilette de la neige.

L'année suivante, rien de tout cela ne peut servir, parce que l'on vieillit. Les couleurs doivent être moins vives et les dessins plus petits. Malgré tout on n'aimerait pas porter une toilette de l'année précédente. Ce qui a été montré une fois est usé par ce fait même.

Par exemple, de tous mes *obi*, je n'ai qu'une seule belle pièce. C'est un *obi* à dessins de chrysanthèmes que madame ma grand-mère m'a donné et fait choisir l'année dernière à l'automne, quand j'ai été la voir à Kozu. Je n'ai pas eu l'occasion de le porter à Tokio parce que la saison était passée ; l'Exposition des Chrysanthèmes était terminée. Ce qui me permettra de le mettre encore cette année. Il a coûté

1. Planchettes surélevées qui jouent à peu près le rôle de sabots.

17

la somme élevée de 42 yen et il est donc très beau, mais je serai un peu honteuse de tromper mesdames les passantes en le portant comme s'il était neuf.

La fortune me manque pour m'habiller. La soie coûte si cher. Je dépense d'abord à ma toilette toutes les sommes que je reçois de ma famille. Ensuite je me débrouille. Je vends ce qui ne me convient plus. J'emprunte de l'argent ou des vêtements, je fais des échanges. Quand c'est nécessaire, je couds des robes pour des dames qui sont mes honorables-clientes ; elles me donnent de l'argent. Malheureusement il faut travailler si longtemps pour gagner si peu. Mais quand vous passez dans le milieu de la rue et que les demoiselles, sans paraître, jettent vers vous un coup d'œil discret, vous êtes bien des fois payée de votre peine.

Il m'arrive très rarement d'aller en promenade pour montrer ainsi ma toilette, je n'ai pas l'argent. Et puis je n'oserais pas. La dernière belle promenade que je me rappelle était à l'occasion des cerisiers. C'était monsieur mon oncle qui m'a invitée. Ce fut magnifique. Il a fermé la boutique et il avait même fait venir une belle demoiselle *geisha*[1] qui nous a accompagnés en portant sa mandoline enveloppée dans une grande soie blanche. Il y avait monsieur mon cousin et un jeune monsieur son ami. Puis madame ma tante qui portait en bandoulière du *sake*[2] maintenu tiédi dans une bouteille Thermos. Ma jeune cousine portait des gâteaux de riz glutineux et de pommes de terre séchées. On en

1. Sorte d'actrice.
2. Alcool de riz à faible degré qui se boit tiède.

18

trouve d'aussi bons là-bas, mais c'est plus cher. Moi, je portais la natte sur laquelle on s'agenouillerait tout à l'heure ; le sol est sale. Nous avons pris le train et nous sommes descendus auprès du canal d'alimentation d'eau de la ville de Tokio.

Tout le long, l'allée de cerisiers était émotionnante. A perte de vue des grands arbres tout roses et blancs, plus brillants qu'on ne peut le concevoir. Cela brûle les yeux. Et au-dessous, des gens qui buvaient et chantaient joyeusement. Au moment des cerisiers, tout le monde doit être heureux, il n'y a pas de raison contre. Monsieur mon cousin avait revêtu un costume de fantaisie en papier rouge, avec des étoiles et des lunes blanches. Il était bien comique. Il avait apporté pour moi un chapeau de dame américaine en papier vert. Mais je n'ai pas voulu le mettre. Même pour m'amuser, je ne veux pas faire rire de moi.

Nous avons eu de la peine à trouver une place libre sous un cerisier. Il y avait tellement de monde. Enfin, j'ai étendu la natte par terre et nous nous sommes agenouillés en rond dessus. Mademoiselle la *geisha* s'était mise au milieu et toute la journée elle nous a joué et chanté les poésies de circonstance, les airs modernes comme les airs anciens et surtout la Danse du temps de *Gen-roku*, mélodie que j'aime tant, tour à tour si gaie et si mélancolique. Les messieurs ont bu tout le *sake* : il a fallu en racheter trois fois. Mademoiselle la *geisha* en a bu un petit peu et monsieur l'ami voulait à toute force me faire goûter à sa coupe. Mais les dames ne prennent pas de *sake,* cela ne se fait pas. Nous autres

19

avons mangé beaucoup de gâteaux et bu de la limonade.

Il faisait un peu de vent et sans cesse des pétales du cerisier descendaient en flottant se poser sur nos robes. Des gens étaient venus s'agenouiller à côté de nous pour écouter la musique et un jeune monsieur qui était déguisé et qui avait un peu bu voulait absolument me lever pour que je danse avec lui comme font les Américains. Mais danser avec un monsieur c'est abominable. On peut seulement danser seule. Aussi j'ai beaucoup ri et je suis restée poliment à genoux.

Quelle belle fête ! Messieurs les marchands criant devant leurs éventaires de couleur. Partout le bruit de la mandoline. Des petits enfants courant joyeux en brandissant des jouets rouges. Et au-dessus, la lumière des grands cerisiers éblouissants.

Vers 5 heures du soir, mademoiselle la *geisha* est partie parce qu'elle avait un autre engagement ailleurs. Il commençait à faire un peu frais et nous sommes également rentrés. Le train était rempli de gens fatigués, heureux et quelquefois un peu ivres. Tous portaient des branches de cerisier.

La journée a fini aussi magnifiquement qu'elle avait commencé. Monsieur mon oncle a voulu que jusqu'au bout tout fût parfait. En descendant de la gare, il a fait venir un auto-taxi qui a reconduit à la maison madame ma tante, mademoiselle ma cousine et moi. Un auto-taxi : il n'a pas regardé à la dépense.

De son côté, il a emmené messieurs les jeunes

gens finir la soirée dans la plus belle *joroya*[1] du quartier réservé de Susaki, un faubourg de Tokio. Il avait choisi celui-là parce qu'il y a entre les maisons une allée de cerisiers qui est célèbre. Il a seulement mangé le riz et bu le *sake*, mais il a aidé messieurs les jeunes gens à choisir les plus jolies personnes ; il les a attendus et il est rentré avec eux. Monsieur mon cousin m'a dit le lendemain que de la chambre qu'il a occupée un moment avec la demoiselle, il voyait étinceler sous la lune la rangée des cerisiers. Il paraît que c'était splendide.

Alors, deux jours plus tard, j'ai emmené trois de mes amies, Kimi-San, Shizue-San et O-moto-San[2] ; nous sommes allées voir à la nuit. C'était vrai, je n'aurais jamais cru qu'il existait dans Tokio des cerisiers aussi grands et aussi vieux. Nous avons regardé aussi les maisons. Autrefois les belles demoiselles étaient exposées à la devanture ; maintenant, hélas ! on ne peut plus les admirer qu'en photographie. Comme leurs portraits sont grands et bien réussis ! Et comme elles sont bien habillées ! Nous avons un peu envié leur sort.

La prochaine fête à laquelle je pense pour ma toilette est la fête des Esprits. A Tokio, elle tombe au milieu de juillet. C'est dans un mois. Cette nuit-là tous les honorables-Esprits des morts viennent visiter la terre pour voir comment les vivants se

1. Maison de prostitution.
2. Mademoiselle Prince, mademoiselle Rivière-Paisible, mademoiselle Honorable-Source : prénoms féminins.

comportent. Eux-mêmes sont devenus des dieux puisqu'ils sont morts [1].

Alors, chaque année, la municipalité de Tokio fait allumer sur la rivière un immense feu d'artifice pour les honorables-Esprits des anciens habitants défunts ; cela leur sert de ralliement et cela les honore. La fête est grandiose. Cette année, les journaux ont dit que dans la nuit sacrée le Gouvernement fera tenter au-dessus de Tokio par des avions militaires le record de la hauteur. Chacun d'eux aura comme passager un vénérable-bonze qui ne cessera de tirer des fusées lumineuses. Je suis certaine qu'aucun des honorables-Esprits ne manquera le spectacle, tous viendront pour admirer.

Il est permis aussi aux vivants de voir le feu d'artifice et il vient une foule considérable. On rit, on chante, et les messieurs qui ont de l'argent prennent le *sake* sur la rivière dans des gondoles illuminées et au milieu de belles demoiselles *geisha* qui jouent de la mandoline. Les honorables-Esprits des défunts sont fiers de constater comment tant de monde s'amuse si bien en leur honneur.

Quand la fête est finie, on rentre à la maison où avant de partir on avait disposé et allumé le petit temple des Ancêtres, avec des offrandes de riz glutineux et de fruits devant lui. Les Esprits des honorables-Ancêtres défunts viennent dans la nuit visiter votre demeure. Si le temple est bien neuf, les offrandes belles, et si l'on est bien joyeux, ils constatent que l'on a pensé à eux et pour vous remercier

1. La religion populaire du Japon est un mélange de croyances bouddhistes et shintoïstes.

ils vous donnent du bonheur pour toute une année.

Pour une dame, la seule politesse envers les honorables-Esprits est d'avoir d'aussi beaux vêtements que ceux qu'ils portent et qu'on ne voit pas. Aussi la Nuit des Morts est l'inauguration des toilettes d'été.

Or, je suis très embarrassée ; je n'ai pas encore de vêtements convenables. Je me suis procuré un kimono à carreaux bleus et blancs, car la mode repasse du rayé au quadrillé. Monsieur mon cousin est content : le proverbe dit que, quand la mode vient au quadrillé, le commerce doit prospérer.

Malheureusement, je n'ai pas d'*obi*. Il me faut un *obi* d'été, non doublé et en tresse de soie de Hakata. Je le veux mauve avec des dessins de fleurs ajourées. Cela m'est indispensable et cela coûte très cher. Pour l'acheter, je vais être obligée de faire sans arrêt des travaux de couture pendant le mois qui me reste. Et pour ne pas dépenser au fur et à mesure l'argent gagné, je demanderai que l'on ne me paye qu'à la fin. Je devrai travailler beaucoup, mais il le faut. Autrement, comment pourrais-je prendre part à la belle fête ? Et ma fatigue sera joyeuse, car toujours je penserai à mon nouvel *obi*.

La promenade d'aujourd'hui est une merveille imprévue. Quel enchevêtrement de coïncidences. Par quel hasard me suis-je trouvée à cette heure-là à l'Exposition Universelle ? C'est un miracle. J'avais reçu une lettre de monsieur mon père qui m'apprenait bien poliment la naissance d'un nouvel enfant et par un bonheur, c'était encore un petit garçon. Dans la lettre, il y avait un billet de 5 yen, mais ce n'était pas pour moi. Monsieur mon père me demandait d'aller déposer l'argent de sa part au temple de S. M. le défunt Empereur Meiji[1] pour remercier Sa Majesté de lui avoir donné un fils. C'était très convenable.

Le temple Meiji se trouve à Aoyama, à l'autre extrémité de Tokio, à au moins une heure et demie de tramway de l'honorable-boutique. Par un jour de beau temps, c'est une magnifique promenade.

Samedi matin, je mis une belle toilette et vers 9 heures nous partîmes avec Otoku-San pour Aoyama. Nous étions gaies et fières d'accomplir un si glorieux pèlerinage. Le parc du temple Meiji est très beau. La large allée en zigzag entourée de hauts arbres; les blanches lanternes de pierre, et les immenses portiques sacrés en bois absolument neuf...

Le temple lui-même est encore plus magnifique et plus neuf. Une merveille d'ébénisterie. Après s'être purifié les mains et la bouche à la fontaine de la cour, on monte les marches et devant la barrière de l'entrée on rend ses actes d'adoration et d'actions de grâces. Sur le parquet se trouve un gros tas de monnaie, et de chaque côté, un honorable-prêtre en robe blanche et bonnet noir, agenouillé et priant. On jette sur le tas son offrande pour l'entretien de l'honorable-temple et on se retire pieusement.

Quand nous arrivâmes, il y avait beaucoup de monde. Le temple Meiji a toujours de nombreux fidèles. De plus beaucoup de personnes de la province viennent à l'occasion de l'Exposition et ne

1. L'empereur Meiji est celui qui créa le Japon moderne.

peuvent commencer leur séjour à Tokio autrement que par un pèlerinage d'adoration à l'Esprit de S. M. l'Empereur Meiji. Nous regardâmes les honorables-visiteuses. Beaucoup de jolies dames, quelquefois mieux habillées que nous. Aucune ne jetait de grandes sommes. Sur le tas, il n'y avait pas de billet plus gros que 50 sen. Alors nous devînmes honteuses de nous-mêmes. Nous n'oserions jamais jeter le billet de 5 yen. Comparativement à cette somme, nos toilettes n'étaient pas assez belles. Nous aurions été ridicules devant mesdames les visiteuses et surtout devant l'Esprit de S. M. l'Empereur Meiji. Que faire? Dans quel tourment nous étions!

Heureusement, j'avais emporté mes économies qui se composaient à peu près d'un billet de 50 sen. Je choisis un moment où il y avait peu de monde et je lançai le billet sur le tas. Puis nous sortîmes à pas précipités et sans nous retourner. Nous avions déjà donné une somme rare pour de modestes jeunes filles que nous étions. Nous tremblions que toutes les dames ne nous aient regardées avec curiosité.

Quand tout péril fut passé et que nous fûmes bien seules à l'abri des regards, nous nous arrêtâmes et nous rîmes à en pleurer pendant plusieurs minutes.

Que cette histoire était comique et comme nous nous en étions bien tirées! S. M. l'Empereur Meiji a été satisfait de notre piété intelligente. Il sait que je lui apporterai les 5 yen quand je serai dame-mariée et que j'aurai un *obi* de brocart. Malheureusement Sa Majesté devra attendre, mais son temple est neuf et n'a nul besoin de réparations.

Nous avions donc par hasard 5 yen à dépenser

immédiatement. De quelle meilleure manière ? A côté de nous dans le tramway de retour les dames parlaient toutes de l'Exposition où elles se rendaient. C'était une idée parfaite que d'y aller une nouvelle fois. Il y aurait du monde, le temps était beau et nos toilettes étaient jolies.

Nous nous sommes extrêmement amusées ; nous avons pris beaucoup de gaufrettes glacées et pendant notre vol en aéroplane, nous avons rencontré un extraordinaire Seigneur Étranger. J'ai beaucoup de reconnaissance envers l'Esprit de S. M. l'Empereur Meiji. S'il n'avait pas fait obtenir à monsieur mon père un petit garçon, je n'aurais jamais eu le bonheur d'aller ce soir à Enoshima.

Malheureusement, je n'avais jamais prévu cette promenade. Et comparativement, je devrais avoir aujourd'hui une toilette deux fois plus belle que celle de l'Exposition. Or, pour aller au temple Meiji, j'avais mis ma seule toilette possible. Et je ne pouvais pas la porter à nouveau puisque monsieur le Seigneur Étranger l'avait vue. Comment faire ?

Samedi, en quittant l'Exposition, nous avons été passionnément embarrassées à propos de cette grave question. Seulement deux jours pour la résoudre : j'ai beaucoup réfléchi.

Aujourd'hui je mettrai le kimono que j'avais réservé pour la Fête Sacrée ; il est un peu léger et ses couleurs sont un peu vives pour la saison. A la campagne, cela n'a pas d'importance ; un peu de hardiesse dans le vêtement ne me déplaît pas et cela me fera paraître plus jeune. A dix-huit ans, on commence à aimer se rajeunir.

Je garderai aujourd'hui mon ombrelle d'avant-hier : le Seigneur Étranger ne l'a pas vue ouverte. Le problème de l'*obi* m'a obligée à beaucoup de réflexions ; je portais mon seul *obi* de saison en soie, l'autre est en mousseline de laine, un tissu très commun. Il y avait un moyen : porter à l'envers l'*obi* de samedi. Comme la doublure est aussi riche que l'endroit, beaucoup de dames agissent ainsi de temps en temps, cela donne un *obi* tout différent. Mais comme on sait où regarder, on le découvre bien, et même si le Seigneur Étranger n'avait pas su le reconnaître, j'aurais été gênée de porter le même *obi*.

Je me suis rappelée qu'il y a quelque temps j'ai cousu un *obi* à une honorable-dame de mes clientes. Il est à fond blanc très élégant. Il me conviendrait parfaitement. Hier, j'ai été bien poliment lui demander de me le prêter et elle m'a consenti cette faveur. Malheureusement, l'honorable-dame est mariée et la doublure de l'*obi* est beaucoup trop foncée pour une jeune fille de mon âge. Aussi j'ai décidé de fixer au nouvel *obi* la doublure de mon *obi* de l'Exposition et c'est le travail que je fais depuis trois heures et demie ce matin. C'est long. Il a fallu découdre avec précaution deux *obi* et j'en recouds un nouveau. Demain, je devrai tout recommencer en sens inverse.

N'empêche qu'on n'improvise pas si facilement une toilette neuve pour une promenade de cette importance. J'avais à faire une foule de petits achats nécessaires. Et tout l'après-midi d'hier, avec Otoku-San, nous avons parcouru les boutiques.

Je me suis acheté un peigne de cheveux à

l'espagnole, bien dépassant, en celluloïd incrusté de plomb. J'ai fait poser à mes *geta* des cordons neufs violets et roses. Je me suis racheté une bouteille de lait de beauté. Il faudra m'en mettre deux couches. Heureusement que le visage n'a pas besoin de changer de couleur chaque saison comme les robes. Toute l'année il doit être absolument blanc. Les pauvres demoiselles japonaises ont la peau si terne qu'elles doivent mettre beaucoup de poudre et de lait.

Je me suis acheté de fausses manches de chemise en soie rose, dont la tranche s'aperçoit un peu dans la fente de la manche du kimono. J'ai choisi un modèle plus cher où trois mouettes étaient imprimées en pâle. Personne ne les verrait, mais c'était pour ma satisfaction personnelle, puisque j'allais visiter une île.

Enfin, je me suis procuré un éventail noir chinois comme mesdemoiselles les *geisha* portent cette saison. Monsieur mon cousin m'avait appris l'autre jour cette nouvelle mode élégante, et par un heureux bonheur, j'ai découvert ces éventails à une devanture du boulevard Ginza.

Otoku-San me regardait avec gros cœur acquérir tant de belles choses. Elle n'avait pas beaucoup d'argent. Pour la consoler, je lui ai acheté un cordon de soie bleu pâle fourrée de ouate et qui fera très élégant, demain, sur son *obi*.

Vers la fin de l'après-midi, j'ai fait par hasard le compte de l'argent de mon petit sac et je me suis aperçue que j'avais dépensé non seulement le reste de l'argent de l'Exposition, mais encore à peu près complètement le billet de banque que m'avait confié le Seigneur Étranger. Il ne me restait pas tout à fait 2 yen et j'ai éclaté de rire.

Je n'avais plus de quoi faire la promenade. Quelle amusante malchance! Tout à l'heure, j'avais l'argent du chemin de fer mais pas de toilette présentable. Maintenant, j'avais une toilette, mais plus d'argent. Comme c'était comique! Nous avons beaucoup ri et pendant très longtemps.

Heureusement, j'ai demandé à Otoku-San de me prêter quelques yen. Elle est très fine; elle m'aime beaucoup, elle a autant de désir que moi d'aller se montrer à Enoshima. Son honorable famille est quelquefois généreuse pour elle. Tout à l'heure elle va venir et je sais que je n'ai pas à me préoccuper, elle m'apportera l'argent. Le seul risque est que je ne sois pas prête.

Je me suis demandé deux fois pourquoi le Seigneur Étranger m'a invitée. Est-ce qu'il faut chercher une raison? Je ne sais pas; c'est la première fois que je parlais à un Seigneur Étranger. Il m'a paru très riche, agité, et extrêmement poli.

Aurait-il des intentions envers mon corps? C'est bien improbable. Je ne ressemble pas aux belles dames de sa contrée. Elles ont la peau si blanche qu'elles sont obligées de la rosir. De tout ce qu'on m'a dit de l'Occident, voilà ce qui m'a le plus émerveillée!... Et, de plus, au Japon, je suis d'un rang très humble. Un Seigneur comme il est ne peut pas me juger digne de lui.

Après tout, je ne le désire pas. Mais, une fois seulement, ce serait curieux, et si vite passé. N'y pensons pas, il sera bien temps de s'en préoccuper si la nécessité oblige jamais...

Je commence à les connaître, messieurs les hommes, et leurs manières avec les jeunes filles. Ce n'est plus comme il y a un an. Malgré moi, ils m'obtenaient toujours ! Maintenant je sais me dérober, souvent j'arrive à choisir...

Je n'aime pas cette chose. La dernière fois, quand était-ce ? Je me le rappelle. C'était avec monsieur l'ami qui était venu aux cerisiers et avait voulu me faire goûter le *sake*. Cela s'est passé quelques jours après. Depuis, je ne l'ai plus revu, qu'est-il devenu ? Il m'avait promis une petite bague. Il n'a pas l'argent et moi je n'aurais jamais osé la porter. D'ailleurs, on a éprouvé tout le plaisir au moment de la promesse et plus tard le cadeau n'ajoute rien de plus. C'est moins beau que l'on n'imaginait.

Une semaine après les cerisiers, monsieur l'ami est venu à l'honorable-boutique remercier monsieur mon oncle. Je me trouvais là et il me proposa de m'emmener à Asakusa[1] au cinématographe. Ma toilette était neuve, je n'avais pas de raison de refuser.

J'aime beaucoup le cinématographe. J'aime aussi le théâtre, mais je préfère le cinématographe parce que c'est une imitation de l'étranger. Les places coûtent plus cher et c'est plus distingué.

Le spectacle a été très beau et monsieur le récitant[2] avait une voix si dramatique ! D'abord, nous avons écouté l'épisode d'un film américain.

---

1. Quartier des amusements à Tokio.
2. Au Japon, les films sont expliqués au fur et à mesure par un récitant.

Quand ça a commencé, la jeune demoiselle blonde était accrochée par les cheveux à un aéroplane et le mauvais monsieur qui était passager essayait de lui crever les yeux avec son stylographe. Toutes les dames frémissaient. Heureusement, monsieur le fiancé journaliste est arrivé à cheval sur son aigle apprivoisé qui a mangé les toiles de l'aéroplane. Il s'en est suivi une culbute vertigineuse... C'est la semaine suivante que j'aurais pu savoir comment ils ont échappé...

Voilà ce que j'ai retenu et à cause de l'explication de monsieur le récitant. Tous ces gens bougeaient dans un tourbillon si frénétique que j'en avais les yeux brouillés. Tout le temps de la vue, je cherchais en vain à comprendre et j'étais émerveillée.

Ensuite, il y a eu un film japonais tout à fait grandiose qui m'a émue encore plus que cela ne me fait d'habitude. On m'a présentée à l'honnête monsieur le grand-père charpentier, puis à l'honorable et nombreuse famille. Enfin j'ai vu monsieur le méchant fils et pour que je le reconnaisse il était le seul vêtu à l'européenne. Il a fracturé la poste, il a volé l'argent et les timbres-poste et il s'est enfui vendre tout cela en pays étranger. Cela a fait toute une histoire affreuse. L'honorable grand-père a remboursé la poste, puis il s'est ouvert le ventre devant moi. Monsieur le père, devant moi, est mort de tristesse. La jeune fille, mademoiselle Kurishima Sumiko [1] est restée seule avec beaucoup d'honorables petits frères qui pleuraient tellement. Elle travaillait tant pour les nourrir. Mais un jour Son

1. Une étoile du cinéma japonais.

Altesse un Prince du Sang est venu visiter l'école. Il était convenable pour messieurs les petits frères de porter ce jour-là un costume européen comme feraient tous les autres élèves. Autrement, la mémoire de l'honorable grand-père aurait été couverte de honte. Mademoiselle Sumiko n'avait pas l'argent pour acheter les costumes et, pour en avoir, au lieu de se laisser marier au jeune monsieur qui l'aimait, elle a été à la ville se louer pour dix ans dans une honorable maison de prostitution. C'était sublime comme au théâtre.

Toutes les dames reniflaient pour moins pleurer. Nous étions toutes bouleversées de douleur et d'admiration.

Ensuite dans le film il y a eu bien d'autres malheurs. Ceux qui voulaient se marier ensemble n'ont pas pu et ceux qui ne voulaient pas ont été obligés. Alors tous à peu près ont préféré se tuer. L'histoire a fini seulement quand tous les messieurs et les dames que je connaissais ont été morts de chagrin, de noyade, ou enfermés en prison ou dans l'honorable maison de prostitution. Tout cela a bien duré trois heures. J'étais émue jusqu'au fond de moi et pourtant j'étais dans une position bien mal commode pour écouter, je me rappelle... Voici pourquoi.

Au cinématographe, dans le bas, il y a des bancs : ce sont les places à bon marché. Au premier étage se trouvent d'abord les loges de balcon. C'est le meilleur endroit et j'aurais bien voulu y aller. On est agenouillé à son aise. Seulement puisque ce sont des loges japonaises, les messieurs et les dames sont séparés. Les messieurs sont aux loges de gauche du côté de l'honneur, et les dames aux loges de droite.

Il n'était pas très poli que je me séparasse de monsieur l'ami. Il m'avait invitée pour lui tenir compagnie et quand il m'a demandé de rester près de lui, je n'ai pas osé refuser. Nous nous sommes assis à côté l'un de l'autre, derrière les loges, sur une des banquettes de balcon. Mais je ne peux pas rester longtemps assise à la façon européenne. C'est une position où les jambes pendent dans le vide. Cela me fatigue tout de suite. Au bout de quelque temps, j'ai essayé de m'agenouiller sur la banquette, mais elle était trop étroite. Alors monsieur l'ami puisqu'il était assis à côté m'a proposé de m'agenouiller demi sur la banquette et demi sur ses genoux. Cette position n'était guère correcte, mais nous étions tout à fait en haut et assez à l'ombre.

Un moment j'avais fermé les yeux pour mieux écouter l'histoire, quand j'ai senti le désir de monsieur l'ami qui grandissait peu à peu contre ma robe.

J'ai attendu un peu. Monsieur l'ami ne laissait rien paraître, mais c'était bien ça. Quel incident amusant ! Comme si j'aurais jamais pu prévoir une chose pareille.

Alors j'ai tourné lentement la tête en arrière et je l'ai regardé un instant en lui souriant très légèrement d'un œil et d'un coin de la bouche. Cela voulait dire que je ne refusais pas, et il a bien compris.

Nous sommes encore restés une demi-heure dans cette position curieuse, sans bouger ni l'un ni l'autre et comme si rien n'avait eu lieu. Il fallait bien attendre la fin. Si nous étions partis plus tôt, les demoiselles du contrôle auraient pu se demander pourquoi, et rire ; nous aurions été ridicules. Enfin, pour rien au monde je n'aurais accepté de manquer la fin d'un film pareil. Monsieur l'ami l'aurait peut-être désiré, mais il ne pouvait pas me désobliger puisque j'étais son invitée et surtout la courtoisie l'obligeait à n'avoir l'air de rien.

Naturellement je n'ai pas parlé ici de ce qui se passa dans la suite de la soirée, et monsieur mon cousin, par politesse, ne m'a jamais fait d'allusion, mais je suis sûre qu'il sait.

Quant à moi, si surprise que j'ai été, et quoique au fond je n'en eusse pas beaucoup envie, pouvais-je refuser ce qui m'était demandé de façon aussi discrète, aussi polie et aussi expressive. De ma part, cela n'aurait été ni élégant ni même décent.

Voilà ce que j'ai expliqué à Otoku-San le lendemain et alors toutes les deux nous avons ri à nous étouffer. Pendant les huit jours qui ont suivi, chaque fois que nous nous rencontrions, rien que nous regarder nous faisait rire à nouveau comme des folles.

Cette fin du spectacle est un souvenir amusant, mais je sens que je l'oublierai plus vite que le détail du beau film dont je suis encore émue. La vie est une merveille, composée d'événements amusants. Ils sont trop, on ne les compte plus, et trop vite je les oublie. Dans l'existence ordinaire, il n'y a pas d'événements qui touchent l'âme ; pour y être mêlée, il faut aller au cinématographe. J'y vais rarement et chaque fois l'émotion me fatigue. Et, à sentir comment dans les endroits pathétiques j'ai la poitrine qui brûle et la respiration coupée, je sais que si dans ma vie je suis mêlée une fois à des événements aussi grandioses et réels, l'émotion me fera mourir dans la minute...

Tout cela sont des songeries sans importance. A présent une seule chose est grave. Monsieur le Cri-cri ne chante pas et n'a encore rien mangé. Il n'aime pas la pêche. Sotte que j'ai été de ne pas m'en souvenir plus tôt !

Tant pis pour mesdames mes amies ! Tant pis si je ne suis pas prête et perds l'occasion de porter cette belle toilette. Je descends tout de suite chez monsieur le fruitier et en le suppliant gentiment, cela sera bien extraordinaire s'il ne donne pas pour monsieur le Cri-cri une énorme épluchure de concombre.

CHAPITRE II

QUELQUES BOURGEOIS

Arbre nain tordu
Par le jardinier sévère
Devient œuvre d'art.

Après être passé par mon usine j'arrivai à la gare
à 8 h 50. Cela me donnait presque une heure avant
le départ du train de 9 h 45 ; ce n'est pas de trop.

Quand on a invité ainsi d'honorables amis, il sied
de régler tous les préparatifs avant leur arrivée et
puis de les recevoir à la porte de la gare en souriant
comme si rien n'était prêt. Ils ne seront certainement pas en retard.

Je me rendis au guichet où j'achetai cinq billets
de seconde classe aller et retour pour Fujisawa, la
station où l'on descend pour se rendre à Enoshima.
Je ne pris pas de billets de première classe parce
qu'il n'y a pas de voiture de première classe dans les
trains ordinaires. Les wagons de première classe
sont évidemment réservés à l'Auguste Famille de Sa
Majesté l'Empereur. On en accroche un au train
lorsque un des membres de l'Auguste Famille se

déplace. Par condescendance pour les voyageurs de la bourgeoisie, il y a des wagons de première classe dans certains grands Express de Luxe : ce détail m'a toujours choqué.

J'achetai ensuite différents petits objets pour distraire et réjouir durant le voyage, mes honorables-invités. Pour chacun un éventail de papier, une boîte d'allumettes, un paquet de caramels au citron, un paquet de cigarettes, un œillet de papier rose, un des journaux de la matinée et un sachet de pilules « Jin-Tan » qui guérissent de toute maladie. C'est un en-cas parfait.

J'enveloppai le tout dans un *furoshiki*[1] de crépon gris et je me mis en faction à l'entrée du hall de la gare.

Je n'eus pas trop longtemps à attendre. Quelques minutes plus tard, je vis arriver le jeune monsieur Takamori. Je suis industriel et fabricant de chapeaux de paille. M. Takamori est mon ingénieur. En ce moment je le traite comme si c'était monsieur mon père et voici pourquoi. Mon industrie est intéressante, car pendant l'été le canotier est notre coiffure nationale. Malheureusement c'est un chapeau saisonnier, et durant l'hiver les hommes portent au hasard le feutre, le chapeau haut de forme ou la toque en peau de loup. Il n'y a nulle raison pour qu'ils ne se coiffent pas également du canotier, et M. Takamori étudie en ce moment pour moi un canotier d'hiver imperméable et chaud. Si ce chapeau réussit, ce sera la très grosse fortune.

---

1. Carré d'étoffe qui sert à envelopper les paquets.

Pour mon ingénieur, j'ai donc en ce moment, à juste titre, les plus grands égards.

M. Takamori s'inclina profondément devant moi, me remerciant humblement de l'honorable-invitation. Puis nous nous mîmes à bavarder en attendant les autres messieurs.

Nous aperçûmes bientôt l'éminent monsieur le professeur Kamei qui se hâtait vers nous sur ses *geta*. Il était très essoufflé et avait craint d'arriver en retard. Nous le rassurâmes. Il y avait encore 25 minutes à attendre.

Monsieur le professeur Kamei a vécu longtemps dans les pays étrangers et il en a une profonde connaissance. Pour le récompenser, Sa Majesté l'Empereur l'a nommé professeur de droit historique celtique et saxon à l'Université de Tokio. C'est une spécialité très ardue, et pourtant monsieur le professeur Kamei ne touche pas un traitement élevé. Il est vrai que son cours n'est pas très chargé ; peut-être deux conférences chaque année. Cela lui permet de consacrer plus de temps à l'amitié de ses humbles admirateurs.

Monsieur le professeur Kamei est vieux, et il est aussi sage qu'il est vieux. Il sait beaucoup de choses et il porte dans sa tête toute la sérénité de la philosophie chinoise. J'admire toujours ses avis bien que je les suive rarement. Il sera convenable qu'au décès de monsieur le professeur Kamei, ses humbles-amis lui élèvent un temple un peu plus riche qu'à l'ordinaire : des hommes comme lui, sont rares. Je m'occupe déjà de solliciter discrètement les souscriptions.

Monsieur le professeur Kamei nous fit des révérences profondes et répétées. Nous répondîmes de la même façon en ayant soin de nous placer de biais pour le voir étant courbés et de ne pas nous relever avant lui. Il faut se redresser exactement ensemble. Sans cela le premier relevé commet une impardonnable incorrection.

Monsieur le professeur Kamei me dit ensuite de longues politesses en tenant la main devant la bouche ainsi qu'il est séant. Comme, en outre, il suffoquait d'essoufflement, je compris peu de choses de ses paroles ; je répondis cependant. Il devait nécessairement prononcer les phrases habituelles.

Tandis qu'il parlait, nous l'éventions respectueusement chacun d'un côté afin de le rafraîchir. Cela dura ainsi quelques minutes.

D'un auto-taxi nous vîmes descendre, frais et souriant, M. Yamaguchi qui faisait également partie de mes honorables-invités. M. Yamaguchi est très occupé et je le remerciai humblement d'avoir daigné m'accorder une journée. C'est un esprit supérieurement intelligent et d'une extrême activité. Il s'occupe d'affaires commerciales, de transactions de bourse, et il écrit dans les journaux. Enfin M. Yamaguchi fait officieusement partie du gouvernement. Il laisse en effet entendre qu'il donne de temps en temps des renseignements à notre police politique. Il en est fier à juste titre, mais doit demeurer muet sur les services importants qu'il rend. M. Yamaguchi, quoique plus jeune que moi, est un homme puissant dont je suis heureux de me savoir l'ami et que je cherche toujours à me concilier favorablement.

Nous n'attendions plus à présent que mon ami

monsieur l'Étranger, qui était le prétexte de cette promenade. J'étais un peu inquiet de ne pas le voir arriver. Plus qu'un quart d'heure avant le départ du train ! Pour passer le temps nous échangeâmes des politesses, et pour masquer notre inquiétude grandissante, nous manifestâmes une gaieté de plus en plus vive.

Avec la brusquerie du jeune âge, monsieur mon ingénieur me demanda si j'avais bien indiqué l'heure du train à l'honorable-étranger. C'était grossier de laisser voir ouvertement ce qui faisait l'objet de l'angoisse générale. Tous ces messieurs rirent pour couvrir la phrase, et j'en fis autant, encore plus gêné qu'eux.

Afin de changer la conversation, M. Yamaguchi raconta gaiement qu'il avait failli nous priver de son indigne présence. Il habite Nakashibuya, en quelque sorte la banlieue, et il avait commandé un auto-taxi pour se rendre à la gare. Il n'avait pas réfléchi qu'il est presque plus rapide d'aller à pied. Chaque matinée, toutes les sorties de Tokio sont complètement bouchées par les charrettes à veaux qui emmènent aux champs les vidanges de la ville. Il ne voyait pas comment il en sortirait. Heureusement est venu à passer un convoi mortuaire automobile devant qui tout s'écartait avec respect. Il prit la file comme s'il était de la famille. C'était un enterrement riche. Les moteurs étaient puissants et on filait bonne allure. Son auto-taxi a réussi à suivre. Voilà pourquoi il avait pu humblement venir nous saluer à temps.

Il était 9 h 35 et on commençait à laisser monter les voyageurs sur le quai. Monsieur l'Étranger n'était toujours pas là et j'étais profondément bouleversé.

S'il avait plu à torrent, la journée aurait été réussie quand même. Le soleil n'est pas nécessaire quand on va à la campagne. Mais la présence de monsieur l'Étranger était aussi indispensable que la goupille qui tient un éventail. Sans lui, tout était manqué.

Je l'avais invité pour d'importantes raisons. La première est que nous devons traiter noblement messieurs les Étrangers qui sont nos hôtes. C'est une sorte de devoir national, et sur l'hydroplane de l'Exposition ma conscience m'a fait savoir que j'avais une charge à remplir.

En plus, il est toujours agréable d'inviter un éminent étranger; cela permet de lui montrer que l'on est aussi européanisé que lui, que l'on connaît aussi bien que lui les coutumes et les manières polies de son continent. Le plaisir est augmenté quand d'autres amis sont témoins de cette scène. Recevoir un étranger cela se remarque et c'est une bonne note d'élégance. C'est un honneur que je faisais aussi à mes autres amis de les avoir conviés pour ajouter par leur brillante présence à la distinction de la journée.

Il y avait encore une autre raison. J'avais été très choqué non seulement comme sujet japonais, mais au nom de tout le sexe masculin, de voir l'éminent étranger se proposer de partir en excursion avec deux honorables-demoiselles. Il ne convient pas qu'un monsieur se montre ainsi en public avec des personnes du sexe inférieur. C'est une sorte de déchéance. On se promène entre hommes, personnages de la même société et du même rang. Et pourquoi emmènerait-on des dames à la campagne ? Le Japon est un pays suffisamment organisé pour que, à tous les endroits d'excursions, on puisse trouver de spirituelles demoiselles *geisha* pour vous égayer, ou, si l'on est encore jeune, on puisse y rencontrer de jolies prostituées qui vous permettront une nuit agréable. Beaucoup de lieux d'excursion sont plus célèbres par leurs honorables-*geisha* que par la beauté du paysage. Une promenade est une occasion de se reposer un moment des dames qui vous sont habituelles et dont la société, tout agréable qu'elle soit, à la longue devient lassante. On laisse donc les dames à la maison ou bien on leur offre de se promener entre elles. Il est possible qu'en pays étranger notre organisation n'existe pas et que l'on soit obligé d'emmener avec soi les dames qui seront le charme de la partie. C'est un encombrement et un souci. L'Europe est moins civilisée que nous à cet égard comme à d'autres. Mais pourquoi ne viennent-ils pas étudier en détail notre système ? Pourquoi ne les copient-ils pas ? Les Occidentaux sont trop fiers d'eux-mêmes.

J'avais fait avec circonspection mes invitations. Monsieur le professeur Kamei connaît l'Europe, M. Yamaguchi parle anglais couramment : tout cela serait agréable à la fois à monsieur l'Étranger, à monsieur le professeur Kamei et à M. Yamaguchi. Je comptais demander à monsieur le professeur Kamei de se livrer avec monsieur l'Étranger à une petite et aimable joute sur un sujet juridique européen. Nous écouterions lutter ces deux remarquables esprits et M. Yamaguchi ne pourrait faire moins que d'en rédiger un article pour un des journaux dont il est collaborateur. Par politesse il parlerait également de mon nouveau chapeau au sujet duquel M. Takamori lui aurait donné incidemment quelques renseignements élogieux.

Ayant ainsi passé une parfaite journée, ayant donné à messieurs mes invités tout le plaisir et l'honneur possible et ayant reçu d'eux les mêmes bienfaits, je procurerais par la même occasion à ma nouvelle invention une publicité éclatante et gratuite. Tout serait merveilleusement réussi.

Malheureusement monsieur l'Étranger n'était pas là. On commençait à monter dans le train et il fallait suivre, sans quoi les meilleures places du wagon seraient prises.

Monsieur l'Étranger n'arriverait probablement que pour manquer le train. Peut-être même que les personnes de l'Exposition étaient l'occasion de son extraordinaire retard. Les Occidentaux sont incompréhensibles. Comme intelligence scientifique, ils sont assez remarquables, mais pour le commun de la vie ils se conduisent en moyenne comme des enfants ou des fous.

Je fis écrire par M. Yamaguchi, à la craie, quelques mots en anglais sur le tableau noir qui sert à correspondre avec les amis égarés. L'attention de mon honorable-invité y serait attirée quand il arriverait à la gare.

Il convenait que chacun de nous affectât de ne pas penser à l'absence de monsieur l'Étranger. Tout le monde était consterné, mais il était obligatoire de faire comme s'il n'avait jamais été question de lui. La politesse l'exigeait.

Nous partions à la campagne respirer en compagnie le bon air frais et pur. Au loin les soucis du travail quotidien ! Plus de conversations sérieuses ! Tout au plaisir, nous prenions le train pour nous récréer. Si le calcul avait présidé au choix de mes invitations, il n'en était plus question. Nous devions paraître réunis par un heureux et amical hasard.

Je distribuai à chacun de ces messieurs un œillet de papier rose qui devait nous servir d'uniforme distinctif au cours de notre joyeuse expédition champêtre. Et nous le fixâmes à notre boutonnière. Monsieur le professeur Kamei seul était venu en kimono national et il était trop décolleté pour que l'on pût sans lui traverser la peau piquer l'œillet à la même place que nous. En feignant de nous amuser beaucoup, nous enfonçâmes la fleur dans la coiffe de son canotier. Monsieur le professeur Kamei serait notre porte-drapeau.

Ensuite pour bien marquer que nous étions joyeux, nous repoussâmes nos canotiers en arrière sur la nuque, de façon presque verticale, et nous nous dirigeâmes vers le quai.

Passant le dernier devant l'employé du contrôle, je lui donnai encore quelques instructions pour que monsieur l'Étranger montât tout à l'heure dans le train convenable. Il est si facile de s'égarer.

Nous choisîmes un wagon presque vide et nous nous plaçâmes au centre. C'est l'endroit le plus aéré et le plus éloigné de la bousculade des portes. Nos wagons de deuxième classe sont confortables quoiqu'ils soient, paraît-il, moins larges qu'à l'étranger. Dans chaque wagon il y a seulement deux profondes banquettes qui se font vis-à-vis, adossées aux fenêtres : elles courent d'un bout à l'autre de la longue voiture. La banquette est assez large pour que l'on puisse s'y agenouiller commodément, accoudé si l'on veut à une fenêtre pour regarder la vue.

Il faisait très chaud et nous n'avions donc pas de raison de garder nos habits. En chemin de fer, on doit se mettre à l'aise comme si l'on était chez soi ; et les vêtements occidentaux sont inconfortables en été, l'hiver aussi, du reste.

Pour donner l'exemple, le premier je retirai mes chaussures que je posai sous moi sous la banquette, puis mon chapeau, mon veston que je rangeai dans le filet. Je décrochai l'élastique qui tenait ma cravate et me débarrassai de cet instrument de supplice qui est le col. Je fis glisser mes bretelles et retirai mon pantalon de toile blanche que je pliai soigneusement. J'enlevai ma chemise de soie qui se déboutonne par devant à l'américaine.

Mes amis m'avaient imité avec plaisir et nous restions habillés avec un plastron de tissu cellular et un caleçon court. C'était très décent et permettait ainsi de ne pas choquer les messieurs et dames étrangers qui venaient d'entrer et nous regardaient du fond du compartiment. C'était même leur montrer qu'ils ne nous dérangeraient pas en en faisant autant.

Nous étions accroupis sur nos jambes croisées et nous faisant vis-à-vis, deux sur chaque banquette. Le soleil pouvait frapper, nous aurions frais dans le train et nous serions à l'aise. Je ne cessai de regarder par la fenêtre sans en avoir l'air, afin de surveiller l'arrivée de monsieur l'Étranger.

Le train partit sans l'honorable-invité. Tant pis ! Nous feignîmes tous une grande joie au moment du coup de sifflet. C'était poli. Nous nous complimentâmes comme si nous n'avions jamais espéré la venue de monsieur l'Étranger. Ayant enfin quitté Tokio selon notre désir, nous n'avions plus qu'à jouir de notre bonne compagnie réciproque.

J'ouvris mon carré de crépon ; j'en sortis et distribuai à chacun les petits objets que j'avais achetés pour augmenter le plaisir du voyage. Ces messieurs me remercièrent comme si je venais de sauver la vie de monsieur leur père. Selon la règle, il n'y avait pour moi ni caramels, ni cigarettes, ce qui leur permit de m'en offrir et pour moi de faire la politesse d'en accepter de chacun d'eux. J'étais comblé au-delà de mes possibilités ; j'avais trois caramels dans la bouche et trois cigarettes dans la main droite.

Quand les caramels furent avalés, nous examinâmes en nous éventant les objets que nous avions apportés pour la promenade. J'étais venu en tenant une bouteille Thermos que madame mon épouse, ce matin, avait remplie de lait pur et bien froid. Le lait est la meilleure des boissons reconstituantes et le chemin de fer pourrait fatiguer messieurs mes invités.

Monsieur mon ingénieur Takamori avait apporté un superbe appareil photographique « Reflex » de la meilleure fabrication allemande. Objectif extra-lumineux, obturateur au $1\,000^e$ de seconde. Aucun des détails intéressants de la journée, si fugitif fût-il ne pourrait lui échapper.

Monsieur Yamaguchi nous montra sa magnifique jumelle à prismes, clarté et grossissement considérables, oculaire micrométrique, maroquinerie parfaite. Le sac à lui seul était une merveille, et nous le complimentâmes beaucoup, après avoir regardé dans la jumelle à tour de rôle sans oser cependant commettre l'impolitesse de la mettre au point.

Monsieur le professeur Kamei, dans sa haute sagesse, avait pensé aux autres, et bien qu'il ne bût exclusivement que du thé, il avait apporté lui-même jusqu'au wagon trois bouteilles de bière liées ensemble dans un treillis d'osier. Une bouteille de bière ordinaire, une bouteille de bière noire, et une bouteille de bière extra-blonde. Tous les goûts seraient satisfaits.

Le train roulait à bonne allure entre Tokio et Yokohama. Dans le but de distraire messieurs mes amis, je distribuai les journaux que j'avais achetés.

Malheureusement les nouvelles du jour étaient telles qu'elles engendrèrent une discussion politique. La politique était la dernière chose dont il eût fallu parler pendant cette journée. Combien je regrettai l'absence de monsieur l'Étranger! En présence d'un étranger une discussion politique n'aurait jamais été tenue.

Hier avait eu lieu les obsèques de monsieur le professeur Warabi, à la mort duquel les journaux avaient donné tant de publicité. L'histoire était en effet importante et symptomatique.

Dernièrement monsieur le jeune vicomte Fujizaka avait été refusé à l'examen d'entrée de l'Université. C'était la première fois qu'une telle incorrection était commise par le Corps de l'Université envers le Corps de la Noblesse. Directement atteint puisqu'il avait été le précepteur de monsieur le jeune vicomte, monsieur le professeur Warabi avait pris le chemin de fer pour Sendai sa ville natale, et, dans sa maison familiale, agenouillé devant le temple de ses ancêtres, il s'était fait harakiri [1] suivant le rite traditionnel. Il vengeait ainsi son honneur et surtout celui de monsieur son élève et suzerain.

Forcément le jury d'examen avait démissionné et monsieur le vicomte allait passer dans quelques jours devant une nouvelle commission nommée spécialement. Il serait reçu probablement avec félicitations, mais hélas ! cela ne réparerait rien de l'injure faite au pays.

Le *Hi-no-de* qui est le plus grand journal de Tokio donnait en première page les renseignements les plus détaillés sur les obsèques. Les harakiri, malheureusement, deviennent rares et il faut glorifier et proposer en exemple à la jeunesse les héros qui conservent ainsi les traditions d'honneurs du vieux Japon. Le cortège était mené par les plus grands dignitaires « shinto » [2] de la province. Les enfants des écoles suivaient, les garçons en file sur la gauche de la route par rang de taille, et les écolières sur la droite. Tous portaient un rameau de fusain vert. Il y avait une musique militaire, monsieur le Préfet et son état-major, monsieur le Maire et ses Adjoints, monsieur le Chef de Police, une délégation des

1. C'est le vocable employé par les étrangers ; les Japonais disent *seppuku* qui est plus poli.
2. La religion « shinto » est la religion d'État.

régiments, les officiers de réserve et les vétérans de la guerre russo-japonaise. Malgré ses conseillers, monsieur le vicomte Fujizaka avait daigné faire le déplacement et son geste avait été favorablement remarqué. L'Université même s'était fait représenter, ce qui est un manque de tact.

Le *Hi-no-de* ajoutait qu'une de nos premières firmes cinématographiques était en train de tourner avec ses meilleurs acteurs un film historique qui représenterait les principaux épisodes de la vie de monsieur le professeur Warabi, ainsi que sa mort. Le film passera le mois prochain dans les principaux cinémas. Voilà au moins un spectacle moralisateur ! J'y mènerai les plus âgés de mes fils.

Le *Hi-no-de* combat actuellement la politique du Ministère qu'il trouve à juste titre trop libérale. Dans son éditorial, il insinuait que monsieur le vicomte n'avait pas été refusé « par mégarde » comme disait avant-hier le communiqué de l'Université ; mais avait été refusé « sciemment » par des fonctionnaires de l'État — grave accusation.

Je n'aime pas ces discussions enflammées par les passions politiques. Les journaux ont intérêt à gonfler le scandale pour augmenter leur vente et les esprits du pays n'étaient peut-être pas si échauffés que les feuilles le disaient.

Malheureusement, nous conversâmes de cet incident. Monsieur mon jeune ingénieur se plaît souvent à soutenir des paradoxes ; il déclara qu'il ne comprenait pas que monsieur le jeune vicomte acceptât de se présenter devant un nouveau jury. Lui-même aurait été humilié d'être traité de cette façon spéciale. Monsieur le vicomte aurait mieux fait de partir étudier à l'étranger et d'attendre pour revenir que tout fût oublié.

Je fus extrêmement ennuyé de cette réflexion à cause de la présence de M. Yamaguchi qui fait officieusement partie du Gouvernement. En faisant étalage d'opinions *radicalistes*, M. Takamori risquait de faire un grand tort non seulement à lui-même, mais encore à moi et à mon usine. Cette journée serait néfaste pour le nouveau chapeau.

Désireux de remettre les choses au point, j'expliquai qu'au contraire monsieur le vicomte faisait preuve d'une grande magnanimité en acceptant de se présenter à nouveau comme si rien de grave n'était arrivé. Si le Corps de la Noblesse s'humiliait ainsi en sa personne et s'efforçait de jeter un voile sur les offenses reçues, c'était dans le but de concilier et de calmer les passions du pays. Je glorifiai comme il convenait ce jeune héros.

Je demandai ensuite à monsieur le professeur Kamei comment les choses se seraient passées de son temps. Il me répondit que de son temps le scandale n'aurait jamais eu lieu. Jamais messieurs les professeurs n'auraient commis un tel manquement professionnel. De peur de se tromper, ils auraient plutôt reçu tous les candidats. De plus, les messieurs journalistes, qui auraient ainsi tenté d'agiter les esprits et d'ouvrir le pays à la révolution, auraient eu sans façon la tête tranchée dans les six heures.

Cette réflexion partait d'un très bon esprit et je partageais entièrement la sage opinion de monsieur le professeur Kamei. Mais ces paroles me jetèrent dans l'ennui à cause de la présence de M. Yamaguchi qui est journaliste.

Insulté dans sa profession, monsieur Yamaguchi risquait de ruiner sournoisement la publicité de mon nouveau chapeau. Il lui suffirait de tourner ma personne en ridicule dans un petit entrefilet. Et l'on sait comme les journaux sont friands de faits divers de cette sorte.

Dans cette discussion, monsieur Yamaguchi n'avait pas dit un mot. Il s'était contenté de sourire alternativement à chaque interlocuteur. Pourtant, c'était le seul qui eût pu donner aux événements leur valeur exacte, puisqu'il appartenait à la fois aux deux partis : au parti de messieurs les journalistes qui attaquaient l'honorable-Gouvernement, et au parti de l'honorable-Gouvernement qui tenait l'œil sur messieurs les journalistes. Mais c'est une intelligence remarquable et ainsi que tous les esprits éminents, monsieur Yamaguchi écoute beaucoup, parle peu et surtout agit sans prévenir. Voilà le secret de la réussite.

Pour détourner le cours de la conversation, j'annonçai d'un ton désolé que je n'avais pu inviter de demoiselles *geisha* pour ce soir. A Tokio venaient d'arriver les délégations des Chambres de Commerce appelées par l'Exposition. Une séance de la Diète s'ouvrait et messieurs les députés arrivaient de la province. En conséquence, toutes les honorables-*geisha* d'Enoshima étaient engagées.

On peut attaquer sans risque messieurs les députés. Ils ne font pas partie du Gouvernement. D'ailleurs, messieurs mes invités étaient certains que je mentais afin de les égayer. Si je n'avais pu obtenir ce soir à Enoshima le nombre voulu des demoiselles *geisha* pour les honorer, je me serais jeté par la fenêtre du wagon ou plutôt j'aurais changé le terminus de la promenade.

De fait, en téléphonant à l'hôtel Umematsuya pour commander le banquet, je m'étais assuré la présence de six demoiselles *geisha*. Deux d'entre elles sont de premier rang et j'avais eu grand-peine à les obtenir; elles étaient engagées de plusieurs côtés. L'une, Ko-haru-San[1], a été il y a une quinzaine d'années, la maîtresse simultanée de monsieur le Général Takamatsu et de monsieur son fils aîné. Il en est résulté pour elle beaucoup d'honneurs, et son succès s'en augmente toujours. C'est une fine causeuse et le souvenir de ses aventures passées donne à ses moindres paroles un intérêt piquant.

L'autre, Rin-go-San[2], est, selon toute probabilité, encore vierge à l'âge de vingt-sept ans. Cette singularité la met en vedette : c'est une curiosité locale. Tous ceux qui ont essayé de la séduire ont abandonné leur entreprise. Elle accepte les bijoux : c'est tout ce qu'elle a de commun avec les autres. Et comme de plus elle est bonne musicienne, c'est, à Enoshima, une des demoiselles *geisha* le plus en vue.

Je ne m'étais pas préoccupé des autres fillettes plus jeunes. C'est du menu fretin sans importance et l'hôtel Umematsuya choisit toujours convenablement les « honorables-petites serveuses de *sake* ».

Messieurs mes invités donnèrent aimablement

1. Mademoiselle Petit-Printemps.
2. Mademoiselle Petite-Forêt.

dans le panneau de ma plaisanterie et ce fut un chœur de condoléances navrées et spirituelles. Quel malheur ! Nous racontions tous notre désolation. C'est monsieur le professeur Kamei qui montrait le plus de chagrin et depuis plusieurs lustres il ne s'intéressait plus aux demoiselles. Quelle homme digne et poli !

J'étais redevenu joyeux. Nos comiques lamentations étaient bien la conversation qui convenait à notre promenade. Pour maintenir la bonne humeur générale, j'ouvris à nouveau le *Hi-no-de* pour en lire à haute voix quelques faits divers.

Le *Hi-no-de* est le journal le mieux et le plus vivement renseigné. Il est relié par fil téléphonique spécial avec tous les quartiers de Tokio. Les faits divers y sont toujours pittoresquement choisis de nature à passionner sa nombreuse clientèle.

Ainsi, je lus un entrefilet qui était le plus intéressant de tous.

« Nous annonçons à nos lecteurs que monsieur l'honorable baron Nashigata, ancien Ministre des Communications Indirectes, a fait acheter très secrètement, hier après-midi, chez monsieur Kitai, joaillier du boulevard Ginza, un diamant monté en bague qui a été payé 8 500 yen.

« Selon toute présomption, cette bague est destinée à sa prochaine et gracieuse amie mademoiselle Sakako[1], une des plus charmantes demoiselles *geisha* de l'établissement Harutsuki du quartier de Shimbashi. La bague n'a pas encore été remise à la demoiselle. On sait que monsieur le baron Nashi-

---

1. Mademoiselle Petite-Prospérité.

gata donne toujours ses cadeaux avant ; il ne donne rien après.

« Nous félicitons l'établissement Harutsuki, déjà si avantageusement connu et dont l'élève, mademoiselle Sakako devient une des personnalités les plus distinguées de Tokio. Nous tiendrons nos lecteurs au courant. »

Le journal donnait en outre la photographie de mademoiselle Sakako et je le fis passer à messieurs mes amis pour leur laisser admirer la gravure. Mais comme d'habitude, c'était noir et brouillé ; on ne distinguait rien. Je n'en ai pas la preuve, mais il me semble bien que le clicheur s'est trompé dans la mise en page. Au lieu du portrait de mademoiselle Sakako, il a dû imprimer celui de l'honorable baron ; il m'a semblé apercevoir des moustaches.

Ainsi égayés et intéressés, nous arrivâmes en gare de Yokohama. Je fis une ample provision de boîtes-repas pour ceux de nous qui avaient faim, car bien que nous dussions arriver à l'hôtel vers midi, le banquet ne pourrait pas raisonnablement commencer avant 4 heures du soir.

Le train repartit. En nous éventant et en plaisantant, nous entamâmes nos provisions. Nous fumâmes toutes nos cigarettes et nous absorbâmes à la suite, de la bière, des caramels au lait, de l'honorable-riz et de l'honorable-thé. Le mélange en est amusant et très sain.

Nous avions l'esprit libre et joyeux. Le soleil, la nourriture, la bonne compagnie faisaient leur effet. Je faillis proposer de jouer aux « petits papiers ». C'est un jeu très amusant. Chacun écrit sur un morceau de papier, qui le commencement, qui le milieu, qui la fin d'une phrase. J'aurais lu à la suite les papiers et le résultat est nécessairement d'un burlesque extraordinaire. D'ailleurs, par politesse, tout le monde est forcé de partir d'un gros rire avant même que la lecture de chaque phrase ne soit commencée.

Malheureusement, pendant notre collation, M. Yamaguchi s'était montré envers moi d'une politesse et d'une humilité trop cérémonieuses. Il tenait à me faire voir qu'il était très mécontent que je l'aie dérangé sans raison puisque monsieur l'Étranger n'était pas là. Je n'osai pas proposer les petits papiers : il aurait ri trop haut, ce qui aurait jeté la gêne dans l'esprit de tous.

En entrant dans le compartiment, monsieur le professeur Kamei avait étendu sous lui sur la banquette une couverture de laine blanche, et il avait gonflé un appui-bras en caoutchouc pneumatique. Maintenant, il se préparait à faire la sieste.

Il s'était allongé, avait mis l'appui-bras sous sa tête et son canotier sur le visage. L'œillet rose brillait à la lumière. Ses pieds nus étaient énormes et verticaux. J'admirai comment le cordon des *geta* les avait rendus fourchus. C'est l'honorable marque de l'âge.

M. Takamori prépara son appareil et photographia comme souvenir l'œillet du chapeau de monsieur le professeur dormant. Le train remuait beaucoup, mais l'appareil de M. Takamori est très perfectionné. Si la vue est réussie, ce sera le plus charmant souvenir de la journée.

M. Takamori photographia ensuite au passage

un des signaux de la gare d'Ofuna qui est intéressant parce que d'un modèle nouveau. Au lieu d'être rond comme les anciens, il est de forme carrée. Nous plaisantâmes M. Takamori de son indiscrétion qui était presque de l'espionnage. Car le ministère des chemins de fer préférerait certainement que ce perfectionnement soit gardé secret.

De lui-même, M. Yamaguchi me prêta sa jumelle pour que je me divertisse à regarder au travers. C'était un merveilleux instrument, et plus d'une minute à l'avance je pouvais dire à messieurs mes invités le texte des panneaux de publicité près desquels le wagon allait passer. A plus d'un quart de lieue, je pus lire la réclame d'un savon. Quel agréable moment je passai !

Le train approcha de la gare de Fujisawa et nous dûmes nous rhabiller en nous bousculant. Dans le costume européen, il y a pour se vêtir un ordre compliqué et l'on se trompe toujours. Impossible, par exemple, de replacer les bretelles quand on a déjà passé le veston.

Je mis en bandoulière ma bouteille Thermos, et je descendis le dernier du wagon. Passant derrière messieurs mes amis, qui affectèrent de ne pas s'apercevoir de mon absence, je me rendis un moment dans le bureau de monsieur le chef de gare. Après avoir profondément salué l'éminent fonctionnaire, je lui demandai humblement de bien vouloir prendre soin d'un monsieur de mes amis, de nationalité étrangère et qui arriverait probablement par le train suivant. Je terminai par une allusion bien tournée qui suggérait ce qu'il serait séant de dire si monsieur l'Étranger était suivi par d'honorables-dames de Tokio. Il s'agissait d'indiquer avec politesse à ces honorables-dames le restaurant Tokiwa où elles seraient traitées avec honneur comme mes invitées et pourraient se reposer à loisir sans être dérangées par notre bruyant et grossier voisinage. L'exagération des termes de politesse cérémonieuse dont je me servis à propos des dames faisait contraste avec mon choix du restaurant Tokiwa, honorables certes, mais nettement moins distingué que l'hôtel Umematsuya dont il était séparé par une grande distance. Ainsi je faisais connaître à monsieur le chef de gare le rang des honorables-dames, je lui suggérais par cela même que monsieur l'Étranger ne connaissait peut-être pas parfaitement nos coutumes, et il en résultait logiquement que l'honorable-chef de gare devait agir avec une extrême discrétion vis-à-vis de monsieur l'Étranger et avec une politesse ferme vis-à-vis des honorables-dames. Il eût été profondément impoli envers monsieur l'Étranger, les honorables-dames et monsieur le chef de gare, que je parlasse de tout cela plus ouvertement.

Monsieur le chef de gare avait parfaitement compris car il me dit qu'il aurait pour ces dames les attentions les plus distinguées, et il me remercia encore plus grandement qu'il n'avait fait quand j'avais parlé d'abord de la seule réception de monsieur l'Étranger. Cette mission l'honorait en effet plus que l'autre qui n'était qu'une charge banale. Celle-ci était tout à fait de confiance.

Je désirais que les honorables-dames fussent reçues convenablement au restaurant Tokiwa et je pensai que j'y téléphonerais dès l'arrivée à l'hôtel, pour que l'on fît bien les choses. Elles y seraient d'ailleurs plus heureuses et moins intimidées que dans notre voisinage. Nous n'aurions pas le déplaisir de savoir leur présence dans l'hôtel. Tout finirait correctement.

Après m'avoir confusément remercié, monsieur le chef de gare se proposa de m'offrir l'honorable-thé. A cause de messieurs mes amis qui m'attendaient sans paraître, je commis l'incorrection de refuser et tous ensemble nous sortîmes en file sur la place de la gare. Pour nous rendre à Enoshima, nous aurions pu prendre le tramway. C'est le moyen le plus rapide, mais ce n'est pas distingué.

Je fis avancer quatre pousse-pousse, et les uns derrière les autres, nous roulâmes bientôt sur la route. Monsieur le professeur Kamei le plus âgé de nous roulait en tête, puis M. Yamaguchi. Moi, humblement, je roulais le dernier, loin derrière.

Nos pousse-pousse nous descendirent sur la plage du village de Katase, en face d'Enoshima. Enoshima est une petite île voisine de la côte. Elle est très escarpée, couverte de verdure et surmontée de temples pittoresques. De nombreuses hôtelleries vous y permettent un séjour agréable. L'île est reliée à la terre par une longue passerelle qui court au-dessus d'un petit bras de mer. Mais la passerelle est légère et son accès n'est permis qu'aux piétons.

Je réglai les pousse-pousse et nous nous préparâmes à traverser le pont à pied. Là-bas toutes les maisons de l'île scintillaient au soleil. Je cherchai à voir l'hôtel Umematsuya. De lui-même, M. Yamaguchi me prêta à nouveau sa lorgnette. Il continuait à être exagérément poli et j'en fus contrarié. Cela signifiait qu'il m'en voulait de plus en plus, et cela ne me présageait rien de bon. Pourvu que monsieur l'Étranger nous rejoignît ! Comme ce dernier devait se lamenter sur son impolitesse et sur l'embarras qu'il me causait. Je le plaignis.

En faisant ces amères réflexions, je regardai dans la lorgnette et j'annonçai joyeusement à ces messieurs que l'hôtel Umematsuya était presque vide. Nous pourrions nous recréer en toute liberté, sans être gênés par d'honorables-voisins. Tant mieux !

Avant de quitter la plage, M. Takamori voulut nous photographier en groupe. C'est obligatoire quand on va en promenade. Malheureusement le mont Fuji aurait dû se détacher à l'horizon vers le Sud et il formait nécessairement le traditionnel arrière-plan de la photographie. Aujourd'hui sa vue était cachée par la brume. Non seulement la photographie n'avait plus d'intérêt, mais encore la promenade était gâchée.

Je présentai humblement à ces messieurs mes regrets et mes excuses.

M. Takamori me dit en riant de ne pas me désoler. Son talent au pinceau lui permettrait de faire apparaître sur l'épreuve un mont Fuji suffisamment blanc et suffisamment énorme, pour que je puisse accrocher la photographie dans mon bureau avec honneur.

Il y a encore un point sur lequel je n'osai pas attirer l'attention de ces messieurs. Avec l'inconséquence de son jeune âge, M. Takamori avait pris sur sa plaque, en même temps que notre groupe, une portion de l'entrée de la passerelle d'Enoshima. Un écriteau fait savoir que la photographie en est interdite et même à double titre. C'est un point de la côte et tout endroit du rivage peut servir au débarquement de l'ennemi ; de plus tous les ponts du Japon sont des passages obligés pour les troupes. La passerelle d'Enoshima est donc un double point stratégique, et le photographe pris sur le fait voit doubler son temps d'emprisonnement.

Heureusement, M. Yamaguchi figurerait sur l'épreuve et sa présence serait un témoignage de l'innocence de nos desseins. N'empêche, je n'aurais pas osé accrocher la photographie dans mon bureau. On aurait pu jaser... J'eus, heureusement, une idée. Je dirai à M. Takamori de placer le mont Fuji juste à l'endroit de la passerelle et de façon à la couvrir complètement. Ce sera parfait : nous serons très honorés d'avoir été photographiés si près du mont Fuji.

Nous étalâmes nos œillets bien en évidence et tenant d'une main notre chapeau et de l'autre la légère balustrade, nous commençâmes à traverser la passerelle qui mène à la pittoresque île d'Enoshima que je désirerais tant connaître.

C'est vrai, l'île d'Enoshima est fameuse à juste titre. Je possède plusieurs livres qui traitent à fond de son histoire et de sa géographie. Ses temples et ses grottes sont célèbres. Mes enfants qui vont fréquemment les voir m'en ont, le mois dernier, rapporté de nouvelles cartes postales. Moi-même je vais bien à Enoshima huit fois par an, mais je suis toujours en compagnie d'amis comme aujourd'hui.

Cela ne serait pas distingué que nous la parcourions en groupe ; il y a trop de visiteurs du peuple. Aussi je ne connais de l'île autre chose que l'intérieur des hôtels.

CHAPITRE III

SÉDUCTEUR

Papillon bruyant
Sur la lanterne en papier,
Que comprends-tu d'elle?

C'était lundi et j'avais, ce jour-là, donné rendez-vous à Enoshima, à une charmante fillette rencontrée à l'Exposition et que, suivant mon habitude, j'avais séduite en un tour de main.

Je fus réveillé dès l'aube. Me tournant et me retournant dans ce mauvais lit de l'Empire-Hôtel, j'arrêtai peu à peu les dispositions à prendre pour cette journée. Je décidai de manquer le train de neuf heures quarante-cinq qui emporterait au diable mon hôte japonais et ses invités. Je monterais dans le train suivant où je savais trouver ma petite amante. Nous prolongerions le voyage plus loin sur la ligne jusqu'à Oiso où je connaissais un hôtel qui, plusieurs fois déjà, avait abrité mes amours fugitives.

J'espérais que ma conquête viendrait seule. Si elle avait amené une amie, je manœuvrerais. Et si l'amie était jolie, ma foi, cela serait un plaisir de plus, et peut-être l'annonce d'agréables péripéties.

Il y a un an à peine que j'ai quitté mon pays natal la Suisse, et à Tokio j'ai déjà amassé beaucoup d'aimables souvenirs. Je ne recherche pas les beautés vénales, *geisha* ou autres, qui seules intéressent les Japonais. Je veux être aimé pour moi-même, et je m'attache plutôt à conquérir les fillettes du peuple, qui ont la fraîcheur candide de la jeunesse. Chaque jour, je me félicite d'avoir laissé ma femme à Genève.

Je me levai ; assis sur mon lit, je contemplai ma chambre. Sur la table minuscule, se trouve, à droite, une pile de feuillets blancs avec un titre : « Rapport à la Société des Nations ». Voilà la mission importante qui légitime ma présence en Extrême-Orient. Mais des jours s'écouleront encore avant que je ne rédige ce travail. Je suis trop occupé par mes plaisirs personnels.

Sur la table, à gauche, s'élève une pile de feuillets blancs plus haute avec un titre : « Les coléoptères ». Mais plusieurs années s'écouleront encore avant que je n'en écrive la première page ; je suis trop occupé. C'est un ouvrage de fantaisie et d'érudition que je réserve pour ornementer ma carrière. Du diable si avant d'être au Japon j'aurais cru m'occuper jamais de cette race d'animaux. Mais quand on attend la nuit sous la lumière une jeune personne qui manque au rendez-vous, il vous tombe dans les manches et le cou tant de hannetons munis de tellement de pattes et de cornes, qu'on ne peut s'empêcher de les admirer et les collectionner. Ce sont des souvenirs d'amour. Ils sont épinglés dans le tiroir de la table sur une petite planchette qui en est remplie. Je suis un sentimental et je les regarde souvent avec mélancolie...

Je m'habillai avec complaisance devant le miroir et quand ce fut terminé, je me contemplai dans tous les sens avec plaisir. J'avais l'air séduisant et distingué. Complet de pongée de soie crème. Chemise en soie rose rayée de vert pâle. Cravate en tulle de soie qui avait été taillée dans le manteau d'été d'une jeune fille du pays ; souvenir d'un amour oublié. Épingle avec une énorme perle cultivée ou reconstituée : je n'ai jamais pu comprendre ce que m'a dit le marchand. De la poche du devant du veston pendaient les cornes d'un semblant de mouchoir de soie. On tire dessus et pas du tout, c'est un lapin de carton dont les cornes étaient les oreilles. C'est un rien, mais ça amuse toujours mes nouvelles connaissances. Je les mets ainsi en confiance.

Je portais mon casque colonial apporté de Suisse, peinture blanche à l'aluminium et ceinturé d'un large tulle grenat. Une petite note d'excentricité ne me déplaît pas. Quel effet flatteur je ferais sur la fillette : je m'en réjouis.

Avec plaisir je constatai que ma montre avait dépassé neuf heures quarante-cinq. Les Japonais devaient être partis. Jusqu'au dernier moment, j'avais craint que ce monsieur n'eût la mauvaise idée de venir me relancer à l'hôtel. Heureusement qu'il ne savait pas ma nouvelle adresse. Il y avait encore le risque qu'il ait manqué son train, ou plutôt attendu à la gare. Ce serait terrible. Mais tout est dans tout, et ici je suis devenu d'une sérénité bouddhique. On verrait.

Il convenait de partir pour ne pas manquer le train de dix heures vingt, ce qui aurait été le comble. Je me dirigeai vers le vestibule suivi de deux grooms de l'hôtel qui portaient péniblement mes cadeaux. C'est contraire à mes principes de faire des cadeaux, mais hier j'avais l'esprit tellement préoccupé par cette fillette que je lui ai involontairement acheté de quoi remplir trois valises. On a beau avoir de la prestance on aime mieux avoir le grand schlem dans son jeu. C'est le raisonnement que je me fais chaque fois.

Je montai dans la voiture automobile que j'avais commandée. Il y a peut-être cinq cents mètres de l'hôtel à la gare, mais ce serait déshonorer l'hôtel qui est chic, d'en sortir autrement que dans une auto très puissante et surtout à tarif très élevé. Il ne faut pas faire de la peine au gérant.

La voiture était une magnifique limousine Cadillac « double-six », carrosserie en tôle d'acier emboutie, type super-dreadnought, laquée noir avec papillons d'or. Devant moi, étaient assis deux messieurs en complet de chasse, molletières grises, feutre gris et à la boutonnière l'insigne d'un club automobile. C'étaient les deux ingénieurs. Comme sur un navire de guerre, les responsabilités étaient divisées. Celui de gauche avait à sa portée le volant de direction et les leviers de manœuvre. Il était chargé du pilotage de l'engin. Le second ingénieur s'occupait uniquement de veiller au bon fonctionnement du moteur. Tout à l'heure pendant la marche, il s'assiérait au risque de sa vie sur le garde-boue avant et soulèverait le capot pour étudier comment le moteur tourne. Sa spécialité devait être le remplacement des roues amovibles, opération qu'il faut faire avec élégance et en gants blancs, car elle attire toujours beaucoup de curieux. Malgré ses protestations, c'est moi qui opérerais à sa place, certain de décrocher ainsi une nouvelle aventure romanesque.

Sur le côté était assis, en lapin, un personnage en grande livrée blanche et or, dont les basques lui pendaient aux talons. Il avait la fonction méprisée d'ouvrir la portière quand je sortirais, et tout à l'heure, dans les encombrements, il courrait devant l'engin pour prévenir de son passage et empêcher les admirateurs de se laisser écraser. Mission méritoire mais dangereuse : à la moindre faiblesse, il serait tamponné.

Voilà trois messieurs qui ne m'intimidaient pas, mais j'aurais été très gêné de monter dans la voiture au bras de la fillette. Chacun d'eux avait un prestige supérieur au mien. L'un représentait l'intelligence, l'autre le courage élégant, et le troisième, l'uniforme. Heureusement que j'étais plus grand et plus gros qu'aucun d'eux. Mes qualités physiques compensaient.

Le véhicule démarra puissamment au ronflement de ses douze cylindres ; l'intérieur était vaste comme ma garçonnière de Genève et la banquette était suspendue comme l'était mon divan. Souvenir ! Les secousses me ramenèrent au présent. Je pensai que mes deux fesses au milieu de la moelleuse banquette étaient aussi douillettement au large que les deux perles rondes jumelles que j'ai vues hier dans un écrin du bijoutier Mikimoto. Je lui aurais bien acheté ces bijoux, mais c'était quand même trop cher. Et puis, qu'en aurait-elle fait?

De l'hôtel à la gare il y a une avenue qui est rectiligne et d'une largeur grandiose. On peut faire de la vitesse. Malheureusement elle est barrée depuis plusieurs mois à son point central, le carrefour de Hibiya. Sous prétexte de déplacer légèrement une aiguille de tramway on a établi des dénivellations qui atteignent brusquement la profondeur de deux mètres. Le mystère de ces travaux ne m'échappa pas. Je crus d'abord que l'on commençait secrètement le creusement d'un métropolitain. Mais en regardant travailler, je devinai le motif. La municipalité, il y a six mois, a acheté très cher en Amérique de nouvelles machines perfectionnées pour la voirie. Et elle veut montrer que les ingénieurs de la ville savent les manœuvrer mieux que les Amricains eux-mêmes. On a donc ouvert un chantier à l'endroit le plus passant, presque en face de l'hôtel de ville, et les travaux ne prendront fin que le jour où il n'y aura plus d'admirateurs attroupés devant ce spectacle patriotique, instructif et amusant. A juger par le nombre des curieux, l'encombrement durera bien encore un an. Le spectacle dépassera la cinq centième.

Un des résultats de ce barrage fut que mon ingénieur pilote dut obliquer à droite et s'engager dans une ruelle qui, taillée à la mesure de l'ancien Tokio, était approximativement de la largeur de l'automobile. Devant nous, là-bas à l'angle, était un petit bazar qui débordait, son éventaire tout rempli d'incompréhensibles objets de fer-blanc et d'osier. Comment prendrait-on le virage ? Je craignis pour la voiture.

A l'entrée de la ruelle, l'ingénieur s'était félicité de voir sa tâche rendue plus périlleuse mais plus glorieuse. Pour m'impressionner davantage, il conduisait ostensiblement avec un seul doigt. Quel enthousiasme cette audace aurait provoqué chez la petite ! Il appuya sur l'accélérateur et vira d'un seul coup. Nous fûmes un peu secoués et j'entendis, en même temps, comme le bruit d'une feuille de papier que l'on déchire. C'était le petit bazar qui craquait et passait sous la voiture. Je me penchai par la portière et fus stupéfait. Si robuste était mon véhicule que la carrosserie n'était même pas rayée. Il pouvait, sans péril, tailler sa voie au travers d'un groupe de maisons japonaises. Quelle sécurité pour les voyageurs !

Et, conduite par un eunuque ou un ecclésiastique, comme la limousine aurait bien convenu pour un voyage de noces ! Nous aurions marché droit devant nous. Ma conquête aurait été bien amusée de voir craquer tant de maisons, et moi bien satisfait d'écraser tant de rivaux avec mes quatre gros pneus ballon.

Par souci professionnel, l'ingénieur mécanicien monta sur le garde-boue avant pour voir quand même si les phares n'avaient rien. J'aimais autant que la petite n'eût pas assisté ; son cœur aurait chaviré. Cette manœuvre, d'ailleurs, fut néfaste à l'audacieux. En effet, vingt mètres plus loin, un nouveau virage se présentait ; l'ingénieur pilote avait changé de doigt.

Violemment, il lança la voiture dans la direction perpendiculaire. Il y eut un éclair, un grand claquement et l'auto s'arrêta net en culbutant sur elle-même. J'en sortis tant bien que mal à travers une fenêtre.

Nous étions privés d'une roue avant et de la moitié du moteur. Le châssis était coupé en biais comme au couteau. L'ingénieur mécanicien n'était plus visible ; il lui aurait été, du reste, impossible de faire la réparation. Je n'aperçus plus non plus notre majordome. Impossible de savoir à quel moment nous l'avions écrasé.

Mais voici ce qui était arrivé. Ma voiture était un véhicule de l'âge intermédiaire. Elle avait triomphé aisément de l'ancien Japon, mais elle était venue se briser sur le nouveau Japon, celui qui est en crise de croissance.

L'obstacle n'était plus une maisonnette de bois mais un des gratte-ciel de béton armé qui, dans Tokio, s'élèvent chaque jour plus haut, comme des asperges, au milieu d'un plant de radis. Ils sont construits pour résister à tous les cataclysmes et ne courent que le risque de culbuter d'une seule pièce à l'un des tremblements de terre mensuels. Mais les constructeurs canadiens pensent qu'ils sauront les relever.

De fait, en passant la main sur le building, je constatai avec admiration que l'angle n'était même pas écorné. Au-dessus de moi brillait une immense affiche blanche, en anglais :

MARUNOUCHI-BUILDING

Pour le 1ᵉʳ Octobre 1922

A LOUER

10 000 Chambres pouvant servir de Bureaux

Je souris et je pensai : « Voilà un immeuble où dès le 31 août au soir j'irai m'égarer dans les corridors et les ascenseurs. 9 999 chambres avec dans chacune une mignonne sténo-téléphoniste, kimono protégé par des manches de lustrine noire. La 10 000ᵉ chambre aura été louée par moi et je l'aurai discrètement aménagée en garçonnière... »

De l'autre côté de l'immense place, la gare s'offrait à moi ; il fallait sortir de là. Je laissai le survivant s'agiter de façon incompétente autour de l'épave, et je hélai deux pousse-pousse. Dans l'un je plaçai mes valises et dans l'autre je m'assis.

En entrant dans le hall de la gare, je constatai que la jeune personne n'était pas encore là. Le mieux serait de monter tout de suite dans mon compartiment, d'où je guetterais son arrivée. Ainsi je ne l'effrayerais pas et je ne manquerais pas sa venue.

A côté de l'entrée, sur le grand tableau noir qui permet aux voyageurs de correspondre entre eux, je lus une tirade en mauvais anglais, qui m'était destinée et qui m'amusa beaucoup.

« Parce que je n'ai pas été suspendu à votre noble œil, à la vérité je suis contristé. Avec les amis, je vais, humblement à Umematsuya. Comme il vous plaira venez honorablement. Au revoir. »

Ils étaient partis par le train précédent et cela me

tranquillisa l'esprit. Quel bonheur ! De ce côté-là, j'aurais le champ libre.

Je me dirigeais vers le guichet pour prendre mon ticket, quand l'employé du contrôle s'approcha et me tendit poliment de la part de mon ami japonais un billet aller et retour pour Fujisawa. C'était tout de même bien aimable. A sa place, je n'aurais pas eu cette pensée. Pas moyen de refuser. J'en serais quitte pour faire supplémenter dans le train mon billet et celui de mon invitée puisque nous allions jusqu'à Oiso.

Ensuite, l'employé continua en déposant dans mes mains une série d'objets inattendus qui m'intriguèrent beaucoup. C'était encore des cadeaux. Il y avait un journal anglais, mais aussi des pilules et des caramels. Que voulait-il que j'en fisse ? Il s'y trouvait un œillet de papier rose dont la vue me mit en colère. Plaisanterie de mauvais goût que de faire aussi ouvertement allusion à mes désirs de fredaines. Les Japonais agissent toujours sournoisement. Mais cette fleur devait plutôt être une prime distribuée avec le journal.

Je mis tous ces objets dans les poches de mon veston ; cela faisait gros et laid. Je me promis de m'en débarrasser en donnant, dès que possible, tout le lot à ma compagne.

Il était un peu tôt et les voyageurs ne montaient pas encore. On me fit passer au nez des gens qui faisaient queue et l'employé me conduisit au train, me choisit la meilleure place dans le meilleur wagon, fit mettre mes valises dans le filet, et abaissa les vitres pour que j'aie de l'air. Soins complaisants mais inutiles : la gare est remplie d'écriteaux en

71

anglais et je sais lire. N'empêche que ça valait un petit pourboire et je lui tendis vingt sen comme au porteur. Il refusa doucement et partit en s'inclinant profondément. Les gens qui refusent l'argent me font toujours rire. Encore un pauvre diable d'idéaliste.

Dès qu'il eut disparu, je transportai péniblement ma personne et mes bagages dans un autre wagon de manière à me trouver juste en face du souterrain d'où débouchent les voyageurs. Ainsi la fillette ne m'échapperait pas.

Du souterrain sortit un crépitement de *geta*, comme l'imitation des mitrailleuses au cinématographe. C'étaient les voyageurs qui avaient obtenu le droit de monter. J'ouvris avidement mes yeux. Il sortit brusquement une foule qui, en poussant des cris aigus, se rua vers les wagons de troisième classe. Tous des excursionnistes. Au Japon, on ne sort que pour se promener. Par contre on aime se promener. C'est un bonheur pour moi : si les jeunes filles restaient chez elles, je ne les rencontrerais jamais.

C'était un emmêlement incompréhensible de têtes et de bras en agitation. Les gouttes de sueur volaient, on riait et on s'appelait. Des femmes maigres couraient comme des poulets en secouant un bébé ficelé sur le dos et qui trouvait encore le temps de dormir. Pauvres gosses ! Ainsi leurs mères les entraînaient déjà à faire leur service militaire dans la cavalerie. Des hommes gras trouaient avec aisance la foule, suivis d'une famille de maigrichons qui se contorsionnaient pour se maintenir dans leur sillage. Je guettai mon amie avec obstination. Le visage, ça peut échapper, mais j'avais pris note de sa toilette de samedi. Un kimono rayé dans les tons violets, et une ceinture rouge à gros dessins de fleur. Une large étoffe rouge, ça ne pouvait échapper à l'œil fiévreux d'un taureau comme j'étais. Chaque fois ce n'était pas elle, mais que de bras boucanés, de bouches édentées, de visages en spirale. Je ne voyais pas les seins, mais comment devaient-ils être !

Parmi les Japonaises, j'ai déterminé deux catégories. Celle qui m'intéresse comprend peut-être dix pour cent des jeunes filles de seize à dix-huit ans. La catégorie qui m'indiffère comprend toutes les autres. Le pourcentage est maigre et en Suisse il serait plus élevé. Heureusement le Japon est un pays à population dense. Il y a toujours beaucoup de femmes à portée de vue et un cœur comme le mien a toujours au moins un point de mire. Je suis un sentimental.

La foule s'éclaircissait. A peine quelques retardataires, bien plus calmes que les premiers arrivants de tout à l'heure. Mon angoisse augmentait à chaque nouveau visage aperçu. Ce n'était pas elle.

Où était-elle passée ? La reverrais-je jamais ? Demain matin je l'aurais oubliée : mais d'ici là quelle tristesse ! En souvenir de sa mémoire, malgré l'ennui qui en résultera, j'irais aujourd'hui faire un pèlerinage sentimental à l'hôtel Umematsuya.

Brusquement un timbre retentit. C'était le glas du départ. Le train s'ébranla presque aussitôt. Je me penchai à la fenêtre pour regarder encore. Là-bas, du souterrain déboucha un groupe de femmes ; pour elles il était trop tard, le train était manqué. En avant des autres, une fillette agitait sinistrement les bras. De la main je dis adieu à elle et à mes

73

espérances. C'était peut-être ma bien-aimée. Mais non, son kimono était à carreaux et sa ceinture était blanche.

Je suis un homme d'action, je ne me laisse jamais dominer par les événements. Dans ma vie sentimentale, il m'est arrivé bien d'autres aventures plus désagréables ; c'est dans les cas désespérés que l'on reconnaît les hommes qui méritent d'être aimés. J'étudiai scientifiquement la situation.

D'abord, elle n'avait pas renoncé à venir. C'est certain puisqu'elle m'aimait. Et puis, au début d'un raisonnement, il faut bien supposer un point qui rallume l'espérance !

Première hypothèse : Elle était partie par le train de neuf heures quarante-cinq. Elle s'était habillée vite pour jouir plus tôt de la compagnie de son ami. Si je n'avais pas manqué bêtement ce train, nous serions ensemble, pelotonnés dans le wagon. Je lui aurais déjà montré mon lapin et j'aurais laissé tomber du petit derrière de carton les pilules que l'employé m'a données, comme si c'étaient de vraies petites crottes : il en faut si peu pour amuser les jeunes filles. Comme nous aurions ri !

Malheureusement, rien de cette adorable scène n'était vrai. Seulement un rêve, et je me crispai de rage sourde car j'imaginai la fillette dans le wagon capitonné de bleu, seule avec ces Japonais que je ne connaissais qu'à peine et dont j'ignorais la moralité. Misérable que j'étais, j'avais manqué à la parole donnée à une créature innocente. J'avais laissé partir sans moi le train convenu. Faute professionnelle ! A l'heure où ma présence était nécessaire pour la protéger, je l'avais laissé tomber, proie sans défense, dans les bras de ces individus qui, s'ils avaient mon caractère devaient s'empresser autour d'elle, la figure blême de concupiscence. Affreuse vision. Arriverais-je encore à temps pour la sauver de leurs entreprises ? Je trépignai dans le train... C'est ça, l'œillet rose était un défi. Il signifiait : « Nous la tenons, viens la chercher si tu peux !... » Misérables.

Malgré tout, cette éventualité était peu probable et je l'écartai bientôt. Ainsi qu'une Parisienne, il est impossible qu'une Japonaise soit jamais en avance.

Enfin elle n'aurait jamais osé prendre l'initiative de modifier l'heure convenue pour son départ. Elle devait être bien trop timide pour cela. J'aime les femmes timides, elles ne résistent jamais.

La fillette devait donc être dans mon train ; je préférais cela. Elle m'avait aperçu derrière ma vitre, n'avait pas osé m'approcher devant tant de monde et, en se cachant pour ne pas me froisser, elle n'avait pas reculé devant la cohue d'un wagon de troisième classe. Tout le long du voyage, elle va penser à moi. Ces jeunes filles sont délicates, et parfois exagérément discrètes.

Mais comment avait-elle échappé à ma vue ? Elle devait avoir encore eu la stupidité de changer de robe : incompréhensible manie des femmes du pays. En Suisse, il est possible de reconnaître une femme de loin. L'une a un chapeau de tulle avec une grande plume glycérinée spécialement pour elle ; l'autre a un corsage vert échancré pour laisser voir son grain de beauté. L'une est rousse, l'autre a des seins appétissants, la troisième est enceinte. Toutes ces particularités se conservent au moins plusieurs jours. Ici, rien de tout cela n'existe. Toutes sont brunes comme l'encre de Chine. Hélas ! aucune n'a de poitrine. Toutes sont enceintes, et le plus fort est que ça ne se voit pas. Pour la toilette, c'est bien pis. La forme du vêtement est toujours la même et je ne sais pourquoi mes oiselles ne peuvent se montrer deux jours de suite sous le même plumage. Alors je m'y perds.

Dans un groupe, je ne reconnais plus l'adorée à qui la veille j'ai donné rendez-vous. Elle est là, mais c'est son amie qui porte sa robe d'hier. Je me trompe, ça me rend ridicule, et le roman est manqué... J'aurais donné gros pour que mon invitée eût gardé sa robe de samedi. Ç'aurait été plus commode et je ne serais pas dans les tracas actuels.

Il fallait supposer plutôt qu'elle avait manqué le train : l'hypothèse était la plus probable. Au moment de partir, en se regardant au miroir, elle aura constaté qu'une de ses mèches de cheveux était ligaturée à l'envers et elle se sera décoiffée et recoiffée pour mieux me plaire. Ou bien, en tâtant son kimono, elle aura senti que son cordon de chemise n'était pas noué suivant le bon nœud. Elle aura eu peur que cela ne me choque. Elle se sera alors déshabillée à nouveau jusqu'à la dernière extrémité.

Bien d'autres cas étaient possibles, même simultanément. De quoi lui faire manquer tous les trains d'une journée. Voilà où conduit le désir de trop bien faire !

Un pressentiment me disait que c'était elle que j'avais saluée quand le train quitta la gare. C'était elle, malgré la ceinture blanche et le kimono à carreaux. Elle m'avait reconnu puisqu'elle avait agité les bras.

Pourquoi ne pas descendre à la station de Shimbashi, pour attendre son train et remonter avec elle. Comme je la gronderais gentiment ! Elle pleurerait. Après d'affectueuses gronderies, les réconciliations sont toujours savoureuses.

C'était fou. Il fallait agir raisonnablement et demeurer dans mon wagon, l'attendre au besoin à Fujisawa. Voilà le plus sûr moyen de la retrouver : c'est par ma sagesse à rester dans le train que mon amour serait récompensé.

Au bercement du chemin de fer, je me mis à rêver doucement. L'esprit toujours tendu vers la beauté, je suis porté à la rêverie poétique. La jeune fille allait voyager dans le train suivant, troublée de m'obliger à attendre si longtemps à l'hôtel. J'aurais pu m'égayer à lui faire remettre à chaque station un cadeau nouveau. A Shimbashi, ç'aurait été une de mes valises d'osier, mais vide. J'aurais dit à l'employé : « Une jolie petite fille à ceinture rouge » et il l'aurait bien trouvée. Il lui aurait confié poliment la valise. C'était pour qu'elle y range les présents qui viendraient ensuite. Elle n'y aurait rien compris et aurait remercié avec tant de joie et de confusion.

A la station de Shinagawa, elle aurait reçu un joli appareil photographique. Bien vite, elle l'aurait déchiqueté avec une épingle à cheveux pour voir comment l'intérieur était fait. Au lieu d'une plaque, elle aurait trouvé ma photographie en buste. Elle aurait deviné alors d'où venaient ces gentilles plaisanteries et elle aurait remercié profondément le portrait. Comme les Japonaises n'embrassent pas d'elles-mêmes, la fillette aurait caressé avec son index, longuement, les joues de la photo. A cause des voisins, elle l'aurait mise ensuite à l'abri soigneusement dans sa manche gauche.

A la station d'Omori, je lui aurais fait remettre une petite montre en platine enveloppée dans du papier de soie. Elle l'aurait prise pour une pastille et l'aurait sucée beaucoup sans réussir à l'avaler. A partir de ce moment la montre aurait toujours marqué la même heure. Plus tard, quand elle aurait su, nous en aurions bien ri.

A la station de Yokohama, le marchand lui aurait tendu un cornet de glace à la vanille payé d'avance par moi. Dedans, quelque chose de dur aurait été caché, qui lui aurait cassé une dent. Qu'est-ce que c'était ? Précisément une petite dent en or pour mettre à la place de la dent cassée. Quel joli cadeau ! Les Japonaises affectionnent les dents en or et elles en portent tant qu'elles peuvent. Celles-ci brillent plus que les dents ordinaires et constituent le premier de leurs bijoux. Je n'aime pas beaucoup cette mode, mais je leur en offre quelquefois. C'est bien moins cher qu'un kimono.

Aux trois stations suivantes de Hodogaya, de Totsuka et de Ofuna, comme dernières grandes surprises préparatoires, mon amie n'aurait reçu aucun cadeau. Enfin, à la station de Fujisawa, elle aurait trouvé la plus magnifique des surprises, c'est-à-dire moi, prêt à me réjouir dans ses bras de tout ce qui lui était arrivé.

Deux porteurs auraient cérémonieusement tenu tous mes cadeaux. Quels merveilleux présents ! En les distribuant parcimonieusement, ne parlant jamais de ce qui allait suivre, en attendant pour donner du neuf que l'effet produit par l'ancien fût complètement éteint, j'avais de quoi la faire sourire et remercier pour plusieurs semaines.

Au-dessus de ma tête et dans le filet, j'avais trois valises d'osier. La plus légère contenait trois toilettes, composées chacune d'une robe, d'une ceinture et d'accessoires illogiques et variés. Les étoffes de soie ne sont pas lourdes, mais hélas! vendues à leur poids de banknotes. De tels cadeaux sont contraires à mes principes et d'ailleurs je ne me risque jamais à acheter moi-même une toilette de jeune fille. Il y a un choix immense. Il est impossible que je ne commette pas de gaffes. Tous les impondérables m'échappent, il y a trop d'étoffes à dessins néfastes que j'ignore. A mon débarquement voici ce qui m'arriva : J'avais offert à une mignonne une sorte de cravate de crêpon brodé, cadeau qui fait de l'effet et qui n'est pas trop cher. J'étais fier de mon choix. C'était un joli dessin jeune qui l'habillerait gaiement. Elle me remercia cérémonieusement et me dit que ce serait pour elle le plus beau souvenir. Elle serait fière de porter cette étoffe dans dix ans pour assister au mariage de sa petite sœur. J'avais pris du mauve alors que son âge exigeait le rose. Est-ce que je pouvais savoir? Et j'avais choisi le mauve parce que la teinte s'assortissait avec celle de ma plus sémillante cravate.

A la suite de cette humiliation, je n'ai plus insisté. Je préfère donner l'argent, en disant à mon amie de choisir elle-même. Je sais que tout sera dépensé jusqu'à la dernière goutte, et même au-delà. S'il m'en revient un restant c'est toujours en nature : un paquet de cigarettes ou bien six cartes postales. Je n'en demandais pas tant.

Hier, c'était différent. Il me fallait faire les achats moi-même : j'étais si amoureux.

J'ai décrit au marchand sa coiffure, sa beauté, sa jeunesse. Dans le vide j'ai modelé son petit corps. Malheureusement, je n'ai pu dire son lieu de naissance, ni l'horoscope de sa famille. Alors le marchand étala sur la grande natte dix toilettes, en me disant qu'il fallait les acheter toutes. Une d'elles pourrait probablement convenir. Sous le casque colonial mes cheveux se dressèrent ; c'était effroyablement cher. Pour m'arranger, il m'offrit de reprendre à moitié prix celles qui ne feraient pas l'affaire, pourvu qu'elles n'eussent pas été portées.

Au hasard, et comme à la loterie, je pris les trois moins chères, confiant dans ma bonne chance. A la loterie non plus, on n'achète pas tous les billets. Et puis, j'avais réfléchi que, naïvement, mon amie serait capable d'accepter toutes ces toilettes, la première pour maintenant, la deuxième pour porter dans cinq ans, la troisième pour sa petite sœur, la quatrième pour sa grand-mère, que sais-je ? Trois, c'était bien suffisant.

La deuxième valise était pleine d'un amas confus d'objets de beauté moins coûteux. Des savons de toutes les couleurs, des brosses à dents, des cure-narines et des gratte-langue. Mille produits pour rendre la peau blanche, en forme de pâtes, poudres, liquides et même un morceau qui ressemblait à de la craie de billard ; j'y avais joint tout l'assortiment des pinceaux, houppettes et grattoirs. Des parfums d'apparence française, extra-odorants et surtout dans des flacons d'étiquette aussi bariolée que possible. Elle serait heureuse ! Une brosse à cils, parce qu'elle a les cils si longs qu'ils me chatouilleront le nez quand je l'embrasserai...

Enfin des bijoux. Pas de bagues, boucles d'oreilles, broches, colliers ni bracelets. Les Japonaises, heureusement, n'en ont pas appris l'usage. Uniquement des épingles à cheveux, des peignes, et tout de même quelques petites bagues pour avoir l'air moderne. J'ai acheté beaucoup de bijoux. Ils tiennent du volume et ne coûtent rien, c'est un plaisir. Ils sont fabriqués en celluloïd, en carton bouilli et en fer-blanc.

La troisième valise contenait des jouets. J'ai mis longtemps à trouver, mais je sais maintenant ce qui amuse les jeunes filles. Il y avait un petit phonographe de voyage avec vingt disques. Un phonographe, quel objet amusant, bruyant et incompréhensible ! On a beau mettre sa tête dedans, on ne voit pas la petite bouche qui parle. Je déteste le phonographe, mais elle l'aura bientôt rendu inoffensif en s'obstinant à le remonter à l'envers.

J'avais ensuite une ampoule de 200 bougies, qui fait une si grosse lumière. Et si on s'est appliquée à la regarder bien fixement, tout vous paraît noir pendant plusieurs minutes. Un joli jeu nouveau pour ce soir.

Mes cadeaux se terminaient par une carabine à air pour tirer les papillons cet après-midi, et un crayon Eversharp en plaqué or : le plus seyant bijou dans les cheveux. Ce crayon était le bouquet de mon feu d'artifice.

Suivant la coutume du pays, chacun de ces objets

était enveloppé d'une feuille de papier blanc, nouée d'un cordon de papier rouge et blanc, dans lequel était passé un cornet contenant un fragment de hareng sec. Autrement, ils n'auraient pas été des cadeaux. Elle les aurait gardés, mais ça n'aurait pas compté.

L'essentiel était d'abord de joindre mon amie. Mon plan, de réussite certaine, était le suivant :

1° Quitter le wagon à la station de Fujisawa où je vérifierais la descente de toutes les voyageuses. Si je découvrais la fillette, je la prendrais dans mes bras, et nous remonterions dans le train. Elle saurait bien ensuite pourquoi, quand nous serions parvenus dans le petit hôtel d'Oiso ;

2° Si je ne voyais pas mon invitée, j'attendrais incognito dans la gare, en lisant le journal pour tromper ma faim : car il serait midi. A l'arrivée du train prochain, je prendrais la fillette dans mes bras et nous repartirions par le chemin de fer jusqu'au bout du Japon s'il le fallait. On ferait d'abord la dînette, cependant ;

3° Si, par invraisemblable, à une heure de l'après-midi, je n'avais pas aperçu la jolie enfant à ceinture rouge, j'irais alors à l'hôtel Umematsuya retrouver mon hôte malencontreux et dresser un nouveau plan subtil.

La complication de ces aventures orientales me passionne, et à Tokio je ne fréquente presque plus la colonie européenne. Mais la principale raison en est la suivante :

En général, les dames de la diplomatie ne se mêlent pas d'être jolies : elles savent qu'elles ont d'autres qualités supérieures. Tout en flirtant respectueusement avec celles-ci, je me serais permis de jeter des regards intéressés vers d'autres dames d'un rang moins élevé.

Ici, à ma première présentation dans le monde des ambassades, au thé-dancing de l'Empire-Hôtel, je suis tombé devant quelques beautés qui m'ont ébloui. Or, pour ce que j'aurais désiré faire d'elles, je ne suis, hélas, ni titré ni diplomate de carrière. Je courais à un gouffre. J'allais y laisser mon temps et ma santé.

Par sagesse, je me suis coupé les ponts et j'ai laissé savoir que j'avais négligé d'apporter d'Europe un habit noir. Le résultat était certain. Je n'ai été invité, ni à un dîner, ni même à un déjeuner.

Et j'ai mis un soir mon habit noir pour achever de conquérir une petite servante de brasserie, grosse comme mon poing et qui avait peut-être quinze ans juste. J'ai fait un nœud avec l'extrémité des basques. Pleine de joie, elle s'est assise dessus comme sur une escarpolette et elle s'est balancée pendant dix minutes à corps perdu sous l'arceau de mes jambes écartées. Quand elle a été bien étourdie, je n'ai eu qu'à la prendre dans mes bras et je l'ai eue comme j'ai voulu. Par contre l'habit noir était perdu à jamais... Cette petite fille me revint cher. J'avais fait faire l'habit à Marseille en partant et je l'avais payé 1 650 francs...

En rêvant à ce souvenir d'amour, je me laissai entraîner à une agréable somnolence, dans le bercement cadencé du chemin de fer.

CHAPITRE IV

RÉCEPTION

Cascade à genoux
Aux flancs du pic vénérable ;
Spectacle touchant !

Je suis chef de gare de la station de Fujisawa. Mes fonctions sont hautes et chaque matin en me réveillant je remercie S. M. l'Empereur de m'avoir confié cette importante et honorable charge. Je m'y adonne avec toutes mes capacités et mon zèle. J'obtiens, je crois, la satisfaction de mes supérieurs.

Cependant je venais d'être chargé par un honorable-monsieur de mes compatriotes d'une mission tout à fait nouvelle qui me laissait déconcerté. Elle faisait pourtant partie de mes attributions. Il s'agissait de prendre soin d'un honorable-voyageur étranger qui descendrait probablement du train 79, et d'avoir des attentions spéciales pour les dames de sa suite.

Cette honorable-mission était trop grave et trop vaste pour moi seul. Je téléphonai à monsieur le Chef de Police du village. C'était d'ailleurs mon devoir strict de le prévenir d'avance du passage d'un étranger à la gare.

Cinq minutes plus tard, il était dans mon bureau. Nous tînmes rapidement conseil. Monsieur le Chef de Police est un homme de haute valeur, que j'admire et surtout que je respecte profondément. L'important problème était le suivant : « Comment fallait-il recevoir l'honorable-voyageur ? »

Il demanda immédiatement par téléphone des instructions au Bureau Central de Police de Tokio, d'où il reçut aussitôt par message téléphoné un extrait confidentiel du résumé de la fiche de police de l'honorable-étranger.

Vu les circonstances et les mesures immédiates à prendre, il me tendit la feuille sans mot dire. Je fus rempli d'une joie et d'une reconnaissance immense. Quel honneur insigne ! Jamais je n'aurais osé espérer être admis un jour à la confidence d'un secret de police. Quelle noble preuve de confiance ! Quelle dignité il me conférait ! Je le saluai très bas et très longtemps. Enfin, je lus le message qui était le suivant :

« Personnage distingué : Délégué Extraordinaire de la Commission de Morale Sociale du Bureau de la Société des Nations.

« Signes distinctifs : a en préparation sur sa table un ouvrage d'érudition sur les coléoptères.

« Points à surveiller : 1° Possède un dictionnaire en espéranto, qui est une langue internationale. Vérifier par conséquent s'il n'est pas en relations avec la république sibérienne de Chita. — 2° Est vu sans discontinuer avec des femmes, différentes chaque fois. S'occuperait-il d'inquiétante propagande féministe ?

« Jusqu'ici pas de charges relevées sur ces deux points.

« Conclusion : Personnalité à traiter avec honneur ».

Il n'y avait aucune minute à perdre. Par le téléphone particulier de la ligne, j'avais questionné la gare de Tokio. L'honorable-voyageur était bien monté dans le train 79, wagon de 2ᵉ classe nº 5329. Pour que je l'identifie sans erreur si par hasard il avait changé de wagon, le numéro de son billet était le 277 423. Par prudence, je téléphonai encore à la gare de Yokohama où le train 79 allait passer.

L'honorable-voyageur n'était pas accompagné de dames. Une mission ennuyeuse de moins. Celle qui me restait n'était plus qu'un plaisir.

Pendant ce temps, monsieur le Chef de Police envoyait sa voiture Ford quérir le reste de ses subordonnés, qui se composait d'ailleurs d'un seul agent, puisque monsieur l'agent en premier est toujours de planton à ma gare pour scruter les voyageurs.

Moi-même, j'avais convoqué mon sous-chef de gare et, par lui, fait alerter, laver et mettre en grande tenue tout mon personnel.

La gare de Yokohama venait de faire savoir que l'honorable-voyageur était maintenant dans le wagon nº 7843. Il ne bougeait pas et feignait même de dormir. Mais, comme par coïncidence, il venait d'être rejoint par trois dames occidentales, accompagnées d'un monsieur.

Monsieur le Chef de Police ne laissa rien voir, mais je devinai qu'il se réjouissait de voir se compliquer l'aventure où il pourrait probablement mettre à nu un important complot contre l'Empire. Je n'avais pas à m'inquiéter de ce point. Ma seule mission consistait à recevoir dignement l'honorable-voyageur, suivant l'ordre qui venait de m'être donné par S. M. l'Empereur.

Par politesse, je téléphonai à Enoshima et je prévins monsieur mon compatriote que monsieur son ami arrivait seul et par le prochain train. Je me tus naturellement sur tous les renseignements de police, y compris le numéro du wagon et la présence des dames occidentales.

Devant mon esprit se dressa alors l'importante question des préséances. La minute de la réception approchait. Qui devait avoir le pas l'un sur l'autre, monsieur le Chef de Police ou moi ? Le problème était insoluble.

Je représentais le Ministère des Chemins de Fer, et comme délégué de S. E. le Ministre, j'avais le devoir de féliciter à l'arrivée l'honorable-personnalité qui avait daigné faire usage d'un de nos instruments de transport, le wagon n° 7843 du train 79.

Mais monsieur le Chef de Police, ici présent, représentait la Police qui est au-dessus de toutes choses, comme la main droite de S. M. l'Empereur.

D'autre part, j'ai un commandement numériquement plus important. En ne comptant que le personnel de service de jour, j'alignais sous mes ordres un sous-chef de gare et cinq employés, en comprenant le jeune garçon qui vend les journaux sur le quai. Lui possède seulement deux agents policiers et un jeune homme de seize ans qui conduit sa voiture. Par contre, il a un sabre. Mon administration, trop pauvre pour assurer convenablement notre prestige, n'a pas encore doté d'un sabre les fonctionnaires de mon grade et je dois me contenter d'un sifflet à roulette que je porte en sautoir, noyé dans un pompon blanc.

Il aurait pu me nuire que l'honorable-étranger déclarât avoir été reçu de façon insignifiante par monsieur le chef de gare de Fujisawa, mais il était beaucoup plus dangereux pour moi de mécontenter mon ami monsieur le Chef de Police.

Je m'inclinai donc humblement et offris à lui et son personnel la présidence de la réception. A mon étonnement, il me dit que par déférence envers le Ministère des Chemins de Fer, il désirait occuper une place très effacée.

Je compris que c'était seulement pour mieux remplir sa mission de recherches policières, et j'admirai son élévation morale. Il serait humilié devant l'honorable-récipiendaire, mais grandi dans mon esprit. Par courtoisie, je refusai son offre généreuse. Il la réitéra. Je refusais à nouveau. Nous recommençâmes en nous courbant chaque fois plus bas l'un devant l'autre. Pour remplir la loi de politesse, je ne laissai pas forcer la décision avant que le halètement de la locomotive ne s'entendît au bout de la voie. Le train s'arrêta et l'honorable-voyageur parut à la portière. En nous apercevant, il eut un sursaut de plaisir surpris. Il ne pouvait espérer une réception si parfaite.

Je me tenais à dix pas devant lui, au garde-àvous ; tenue blanche à plis impeccables, casquette rouge et or. Derrière moi, à dix pas de distance, mon personnel aligné par ordre hiérarchique à cinq pas d'intervalle. Chacun portait l'insigne de sa spécialité. Mon sous-chef avait comme moi un sifflet en sautoir, mais sans le pompon. L'employé du contrôle des billets et qui s'occupe aussi des bagages avait un grand pinceau à colle ; c'est plus visible qu'un perforateur. L'aiguilleur tenait son levier d'aiguillage, les deux hommes d'équipe avaient ceint leurs bretelles à crochets. Au bout de la file, le jeune employé présentait sa boîte à journaux.

A dix pas derrière mon sous-chef, se tenait la jeune fille qui vend les billets aux voyageurs. Je n'avais pas pensé à la faire venir. Par suite de son sexe elle occupe un rang si inférieur. Mon sous-chef, pour faire nombre, l'avait convoquée et par ordre elle se tenait pétrifiée, et le crayon sur l'oreille.

Monsieur le Chef de Police s'était placé sur le côté, à distance et en équerre ; tenue blanche, chaussures à élastique, casquette or et pattes d'épaule. Derrière lui, à dix pas, son jeune conducteur d'auto, kimono en crépon de coton et casquette de police.

Messieurs les deux agents policiers n'étaient pas là. Ils étaient occupés à courir le long du train, puisque monsieur le Chef de Police avait ordonné qu'aucun voyageur ne descendît. Personne, du reste, n'aurait osé.

Alors nous saluâmes l'honorable-récipiendaire. Moi et mon personnel, nous fîmes le salut militaire et monsieur le Chef de Police fit un magnifique salut du sabre. Tous deux nous nous avançâmes et remîmes à mon honorable-hôte nos cartes de visite. En deux modestes mots, je dis à celui-ci combien la gare de Fujisawa était honorée d'avoir été élue par lui entre tant d'autres gares plus importantes, et je m'excusai de la pauvreté de l'humble-réception. Après avoir disloqué mon personnel, je conduisis dans mon bureau mon honorable-hôte pour lui faire prendre une tasse d'honorable-thé. Mes deux hommes d'équipe apportèrent avec fierté ses bagages.

Monsieur le Chef de Police n'était pas là. Je compris qu'il s'inquiétait de l'absence des dames occidentales. Monsieur son premier agent vérifiait l'identité des voyageurs qui descendaient, monsieur son second agent vérifiait celle des voyageurs qui demeuraient dans le train. Lui-même était monté dans le wagon de 2ᵉ classe nº 7843 et il regardait évidemment si les dames ne s'étaient pas dissimulées sous les banquettes. Car pourquoi seraient-elles descendues en route ? On ne monte pas dans un train pour en descendre.

Quelques minutes plus tard, monsieur le Chef de Police reparut en tenant à la main une immense ombrelle d'Occident. Ce devait être un indice très important, car il ne m'en parla jamais.

J'offris à mon honorable-hôte de lui faire visiter ma gare dans tous ses détails. Malgré ses nombreuses protestations très polies, je finis par le convaincre qu'il ne me dérangeait pas et je l'emmenai, précédés à respectueuse distance par mon sous-chef.

Nous visitâmes d'abord l'aiguille. Elle n'a jamais l'occasion de fonctionner puisqu'elle commande

90

une voie de garage et qu'il n'y a rien à garer. Je donnai l'ordre à l'aiguilleur d'abaisser son levier. Malgré sa robustesse, il n'y parvint pas. Je m'en excusai vivement auprès de monsieur mon hôte, mais il n'y avait rien à faire : par malchance, les roues de la locomotive se trouvaient juste au mauvais endroit.

Nous revînmes ensuite à la station où il assista à l'enregistrement d'un colis. Devant mes employés réunis, je lui fis toute la démonstration en détail et pour terminer, je collai moi-même sur le paquet l'étiquette de destination. Le collage fut parfait, sans un faux pli. Je dus faire bon effet sur mon personnel.

Pour honorer monsieur mon hôte, je lui offris de se peser sur la balance. Quel total il fit marquer à l'aiguille! Il dépassait le poids maximum autorisé pour un colis de grande vitesse ; nous poussions des clameurs d'admiration. Je me pesai ensuite, puis, en signe d'amitié, nous nous pesâmes ensemble en nous tenant par la main. Il aurait fallu que ce fût photographié et sur le journal.

Je pris soin qu'il ne passât pas derrière la balance pour qu'il n'en découvrît pas le secret, qui intéresse notre défense nationale. Si on ne décroche pas d'avance un petit levier spécial, on a beau mettre des bagages sur la bascule, l'aiguille reste au zéro. Ainsi, l'ennemi ne saurait pas s'en servir.

Nous entrâmes alors dans le bureau de la distribution des billets. Ce fut la partie de la visite qui l'intéressa le plus. Ma jeune fille était toute confuse de voir son travail occuper l'attention d'un monsieur d'un poids et de dimensions aussi considérables. Je fus content de voir qu'il lui posait des questions sur cette partie assez importante de mon service. Mon sous-chef passa du côté du public et joua le rôle d'un voyageur. La jeune fille dut expliquer et montrer dans le plus grand détail comment elle recevait l'argent, choisissait le billet, le libellait, l'enregistrait et rendait à la fois le billet et la monnaie. Durant ce temps, il lui caressait les joues à la manière occidentale, pour qu'elle ne s'intimidât pas.

Ensuite, il voulut écrire lui-même sur le livre d'enregistrement. Il savait mal notre écriture et il fallut qu'elle l'aidât. Malgré qu'il l'eût assise sur ses genoux pour se faire guider la main par elle, il ne put barbouiller que trois pages de caractères incompréhensibles. Il avait entré la main gauche sous la manche de son kimono et involontairement il devait la chatouiller, mais elle n'osa rien dire. Il montrait de la bonne volonté, et si le tabouret n'avait pas craqué, il aurait bien essayé sans plus de succès jusqu'à la fin du registre. Cela prouve que malgré leurs efforts les étrangers ne sont pas assez intelligents pour apprendre à écrire.

En se retirant, l'honorable-voyageur se tourna vers la jeune fille et lui tendit comme souvenir un œillet de papier rose, un paquet de caramels « Morinaga », et un éventail d'homme. C'étaient des cadeaux trop beaux pour sa faible importance et, sauf le grand éventail d'homme, tous très bien choisis. Mon sous-chef regardait la scène avec stupeur, se demandant comparativement quels magnifiques présents il allait recevoir. Monsieur le voyageur lui remit une boîte d'allumettes, un paquet de cigarettes « Hikishima », et enfin un sachet de pilules « Jin-Tan ». Qu'il eût pensé aux pilules était admirable. Le remède après le poison !

Moi-même j'étais perdu dans des réflexions grandioses. Pour suivre la gradation, qu'allait-il m'échoir de sublime ? Monsieur l'étranger fit semblant de réfléchir, puis de sa poche intérieure, il sortit un énorme journal en américain qu'il me tendit avec politesse. Je fus transporté d'une joie émerveillée et j'éprouvai pour lui une admiration totale. Je saluai jusqu'à terre. Je ne sais pas lire l'américain, mais en m'en supposant ainsi capable, il me rendait publiquement un honneur immense. Jamais je n'aurais osé espérer si haut. Je sentis que je me trouvais devant un grand seigneur. Dans son pays, ce doit être un Prince du Sang.

Et je lui demandai humblement, en souvenir, de signer son nom sur la première page au-dessus du titre.

Pour terminer dignement cette inspection, j'avais réservé jusqu'alors la démonstration d'un départ de train, manœuvre qui montre le chef de gare entouré de son état-major et dans toute sa dignité. Nous revînmes donc sur le quai où, depuis vingt minutes, le train 79 attendait l'ordre de repartir. La soupape de sûreté crachait avec force, cela impressionnait davantage.

Par malheur, le prochain train vers Tokio ne passerait pas avant quarante minutes. Autrement, j'aurais fait partir à la fois d'un seul coup de sifflet les deux trains en sens inverse. Quel spectacle ! Sûrement il n'avait jamais vu ça. Mais ç'aurait été trop beau ; le Japon est un pays humble et je n'avais qu'un seul train à ma disposition. C'est ce que j'expliquai à mon honorable-hôte.

La manœuvre se passa dignement. Mon sous-chef se plaça en courant à la hauteur du fourgon. J'avais pris mon sifflet entre deux doigts de la main droite. Mon sous-chef leva le bras. J'attendis un certain temps, puis je sifflai avec la force voulue. Après un temps, la locomotive répondit, puis les roues du train se mirent à tourner toutes dans le même sens. Il disparut bientôt.

C'est ainsi qu'on fait partir un train.

J'offris alors à mon honorable-hôte de se reposer de ses fatigues dans mon bureau. J'avais fait débarrasser ma table de ses papiers, elle était recouverte d'un tapis rouge et parée d'un cendrier, d'un paquet de cigarettes et d'éventails.

Monsieur le Chef de Police était venu nous rejoindre. Nous nous assîmes amicalement et mon sous-chef nous servit l'honorable-thé, puis il s'éclipsa. Monsieur le Chef de Police avait également fait vider le bâtiment par mes subordonnés. C'était pour éviter leurs indiscrétions possibles.

Je devais faire un discours et je me levai. Mon discours fut poli et bien tourné. Je dis à l'honorable-voyageur combien le Ministère des Chemins de Fer était honoré qu'il nous eut ainsi confié sa personne précieuse. Et je m'excusai humblement de toutes les incommodités dont il avait eu à souffrir. L'écartement de nos rails est plus petit que celui d'Europe et nos wagons ne sont donc pas assez larges pour sa personne. Nous n'affichons pas comme en Europe, dans les voitures, la photographie coloriée des curiosités du parcours. Cela lui aurait évité la fatigue de descendre voir Enoshima, il aurait été satisfait à en contempler l'image une heure et demie durant le trajet. Enfin, nous n'avons malheureusement pas d'accidents de chemins de fer comme on sait les organiser en Europe : des faits divers intéressants font ainsi défaut. Je m'en excusai très bas au nom du Ministère. Pour terminer, je lui dis avec quelle impatience le Japon et moi-même, nous attendions la publication de ses immenses travaux et en particulier de sa savante étude sur « Les Coléoptères », qui sont notre insecte national.

Je lui fis grand plaisir, car il daigna manifester une surprise polie. Si vaniteux qu'il dût être, il ne pouvait pas espérer que ses ouvrages fussent aussi répandus.

Monsieur le Chef de Police parla à son tour. J'admirai son habileté professionnelle. Après des compliments et des généralités, il prit un ton très modeste et avec un intérêt bienveillant posa à l'honorable-voyageur des questions sur lui-même et sur les siens.

Il lui demanda s'il avait des enfants, si ces enfants savaient lire, et, dans ce cas, quels étaient les journaux politiques japonais qu'ils lisaient.

Il le félicita par cette chaude température d'avoir laissé à l'hôtel sa pelisse d'ours sibérien. Comme l'honorable-étranger n'en avait pas, il lui conseilla d'aller chasser l'ours dans la région du lac Baïkal. Il se procurerait ainsi une pelisse à très bon compte.

Monsieur le Chef de Police toucha un point sensible sur la question du féminisme. Il dit que lui-même s'était converti à l'idée du suffrage des femmes, mais il n'avait pas encore trouvé d'argument décisif. Il demanda donc à monsieur l'étranger de lui en indiquer, si par hasard il en connaissait un.

A ces mots, l'honorable-étranger se leva brusquement et, à la manière occidentale, secoua dans ses deux mains une de celles de monsieur le Chef de Police. Il le conjura de renoncer à ces idées de perdition, ajoutant même textuellement que trois semaines en Suisse ou deux journées en Angleterre suffiraient à lui faire vomir cette funeste utopie.

Monsieur le Chef de Police ne manifesta rien, mais je compris combien il se félicitait d'avoir provoqué une explosion aussi suspecte. Il avait recueilli ainsi un grand nombre de petits renseignements, qui en eux-mêmes n'avaient pas d'importance, qui réunis ne me paraissaient pas en avoir davantage, mais qui, ajoutés à tous ceux que la Police Centrale de Tokio inscrivait chaque jour sur le grand livre, finiraient par avoir une signification décisive.

La conversation périssait et l'honorable-voyageur venait de refuser une nouvelle tasse d'honorable-thé vert. Il se leva et nous fîmes de même.

Monsieur le Chef de Police lui dit qu'il garderait toujours verdoyant le souvenir de la présence parfumée de notre honorable-hôte. Ses fonctions l'empêchaient d'accompagner notre hôte jusqu'à Enoshima, mais il se faisait un honneur de lui donner sa voiture Ford pour le mener plus vite auprès de messieurs ses amis inquiets.

Monsieur l'étranger remercia beaucoup et nous le conduisîmes jusqu'à l'automobile dans laquelle on avait déjà rangé ses bagages. Il n'était pas décent qu'il n'eût qu'un seul chauffeur. A côté du conducteur de la Police, je fis monter mon jeune employé, qui n'était plus indispensable à la gare parce qu'il avait vendu tous les journaux du jour : il ne lui restait plus que ceux de l'avant-veille qui sont moins fréquemment demandés.

Monsieur le Chef de Police s'excusa encore auprès de monsieur l'étranger de ne pas l'accompagner plus loin. J'en fis autant en expliquant que malheureusement ma présence était indispensable pour donner le départ des trains 113 et 72, qui allaient arriver presque en même temps.

Mes subordonnés étaient alignés à distance et saluaient militairement. Monsieur l'étranger désirait aussi dire adieu à la jeune fille. Je refusai, c'était trop poli de sa part, et ça aurait donné à cette personne une importance qui aurait désorganisé mon commandement. Il me suppliait, et chaque fois je m'inclinais plus longtemps sans paraître comprendre.

La voiture se mit en marche lentement. Monsieur l'étranger continuait à gesticuler et à pousser des exclamations incompréhensibles. Il brandit tout à coup un objet en forme de lapin de carton qu'il avait tenu caché dans la poche de devant de son veston et que, jusque-là, j'avais pris pour un mouchoir. Il me le tendait frénétiquement en me montrant la gare, et en criant : « Souvenir pour la jeune fille. » Je compris que c'était une décoration commémorative qu'il me conférait au moment de prendre congé, et j'acceptai celle-ci respectueusement. Je dois dire que j'y comptais presque.

La voiture était partie. J'avais été très intrigué

97

par l'importance des bagages de l'honorable-voyageur, car on n'a pas l'habitude d'emporter tant de colis quand on va dîner avec des amis. En m'excusant beaucoup de mon indiscrète curiosité, je demandai timidement à monsieur le Chef de Police s'il ne voyait pas d'inconvénient à me dire quelques mots de leur contenu.

Monsieur le Chef de Police me dit en souriant qu'il n'y avait aucun secret. Il avait même empêché que l'on n'essayât les fausses clés parce qu'il savait d'avance ce qu'on y trouverait. Il connaissait les coutumes occidentales. A son entrée dans la Police, il avait passé avec la note « Bien » l'examen sur cette importante matière.

Il paraît que ces gens ne peuvent manger comme tout le monde du riz et du poisson sec ; ils veulent une nourriture originale. L'honorable-étranger emportait donc dans trois valises les produits étranges qui devaient servir à préparer son repas du soir.

Monsieur le Chef de Police me demanda alors pour quelques minutes l'usage exclusif de mon bureau, que je lui accordai avec plaisir. Je compris qu'il voulait interroger messieurs ses subordonnés et réfléchir sur sa conversation amicale avec monsieur l'étranger, conversation qui avait été sténographiée de la pièce voisine par monsieur l'agent en premier.

Enfin, il téléphonerait tous ses renseignements à messieurs ses supérieurs de Tokio, de façon aussi minutieuse que possible et sans les classer. C'est interdit et il en aurait été incapable. Plus son message téléphoné serait long, plus il aurait la certitude de contribuer à la protection de S. M. l'Empereur qui se confond avec notre devoir patriotique. J'enviai son sort. Dans six mois, un supérieur en tournée d'inspection ferait peut-être allusion à son œuvre d'aujourd'hui, mais ce serait trop beau. Sa satisfaction présente lui était une suffisante récompense.

Quand il pénétra dans mon bureau, je vis de l'extérieur que monsieur l'agent en second lui tendait un objet long, soigneusement ficelé dans du papier brun et cacheté de tous côtés à la cire rouge. Ce devait être la mystérieuse ombrelle.

Tout cela ne me regardait pas et je me promenai en long et en large sur le quai de ma gare, livré à des réflexions agréables, et contemplant l'honorable décoration en forme de lapin de carton. En ce qui me concernait, tout s'était passé à ravir, mon personnel avait manœuvré sans faute, j'avais rempli avec distinction mes devoirs d'hôte. Monsieur l'étranger en avait acquis de l'admiration pour le fonctionnement des services publics au Japon et il conserverait de cette réception un souvenir de charme et aussi d'instruction ; il saurait à présent comment on distribue les billets aux voyageurs.

Il ne me restait plus qu'à faire mon rapport et à le faire approuver par monsieur le Chef de Police ; j'aurais peut-être de l'avancement ou même un sabre.

Je rêvais depuis une dizaine de minutes, quand je vis arriver hors d'haleine mon jeune employé déboulant d'une bicyclette trop haute pour lui. Il était aussi mouillé que s'il avait traversé la voie par temps de typhon. De fait, il me dit qu'il venait de tomber dans la mer.

Voici comment l'événement s'était passé. Pour se rendre à l'île d'Enoshima, il faut traverser au-dessus de la mer une passerelle qui est assez longue — trois cents toises — et qui s'élève de cinq ou six toises au-dessus de l'eau. Comme c'est la coutume, elle est construite de façon légère ; les réparations en sont plus rapides. Elle se compose de bambous piqués dans le sable et qui supportent une plate-forme zigzagante formée de tresses de paille et de quelques planches de bois. De temps à autre, si le vent souffle nord, ou qu'il arrive une vague un peu active, ou qu'une barque dérivante vienne frôler un pilier, la passerelle est coupée. Mais c'est monnaie courante, et elle est remise aussitôt en état.

Par suite un écriteau indique que le passage est interdit aux bicyclettes et autres véhicules et deux gardiens sont là, qui font en même temps verser aux passants un droit de péage pour l'entretien.

Le chauffeur s'engagea résolument sur la passe-relle, afin de remplir sa mission qui était de conduire à l'hôtel son important voyageur. Les gardiens voulurent arrêter l'automobile, mais en reconnaissant au front du chauffeur la casquette de police, ils se prosternèrent comme était leur devoir et ils détruisirent aussi vite que possible la petite barrière qui empêche le passage des voitures.

L'automobile commença à parcourir lentement le pont qui était un peu faible pour le poids du véhicule. Il paraît que les planches de traverse se brisaient de temps à autre sous le passage des roues arrière. L'honorable-voyageur dans un sentiment de pusillanimité que je n'ai pas à juger, préféra descendre et marcher à pied devant la voiture. Celle-ci suivait à distance, portant les bagages. Soudain, à un point particulièrement faible, la surface du pont céda sous elle. Mon jeune employé me dit qu'il avait eu juste le temps de se mettre en boule et qu'au milieu d'un grand bruit il s'était trouvé dans la mer. L'incident avait attiré instantanément deux cents personnes. Lui-même était remonté en grimpant après un des pilotis ; il avait emprunté une bicyclette et des *geta*, car les siennes flottaient quelque part sur l'océan ; et il était venu me rendre compte au plus vite.

Somme toute, événement normal et sans gravité.

D'abord le noble étranger n'avait pas de blessure et, au contraire, le spectacle avait dû l'égayer.

Le pont avait été détruit, mais il devait être déjà réparé. On avait mobilisé pour cela les soldats de réserve du village de Katase. Excellent entraînement pour nos réservistes. Les frais seraient remboursés dans les quarante-huit heures en doublant simplement les droits de péage.

L'automobile reposait par cinq pieds de fond avec des roues dans tous les sens. Mais cela n'avait pas d'importance, car la Police est riche. Cela serait compté au budget des frais de surveillance des étrangers, budget qui supporte bien d'autres choses ; et monsieur le Chef de Police recevrait dans la huitaine une voiture neuve.

Le plus chanceux de tous était le chauffeur. Il avait le bonheur d'avoir une jambe cassée et un bras démis. Cela lui serait compté comme blessure en service actif et, dès son rétablissement, il serait promu à la conduite d'une voiture plus forte.

Un léger ennui : les *geta* de mon jeune employé étaient perdues. Cette perte ne serait pas remboursée par la police, puisqu'il n'était pas là-bas au titre de la Police, mais au nom du ministère des Chemins de Fer. Vu sa conduite héroïque, je lui promis les *geta* neuves de mon fils aîné.

Un second point noir, beaucoup plus grave : on n'avait pas retrouvé les bagages de l'honorable-étranger. Emportés par leur poids ils avaient dû s'enliser sous le sable. Les aliments européens avaient fait la curiosité des langoustes et des anguilles de mer. Monsieur l'étranger mangerait ce soir un mauvais dîner. Quel chagrin et quel dommage ! La réception avait dû tant l'enchanter jusque-là.

Je finissais à peine de tirer ces conclusions quand mon aiguilleur arriva en courant m'annoncer un événement extraordinaire :

« Un mystérieux arnarchiste coréen, poursuivi depuis Tokio par un de nos vigilants policiers, venait de faire sauter derrière lui le pont d'Enoshima en laissant exploser sa voiture automobile chargée de bombes. Malgré une jambe broyée par l'explosion monsieur le policier l'avait poursuivi à la nage et abattu au poignard. Justice était faite. Il ne manquait plus qu'à capturer un jeune complice, qui sitôt après avoir allumé les bombes s'était enfui en bicyclette avec une vitesse terrible. »

Quel fait d'armes merveilleux pour notre Police, et comme monsieur l'étranger avait dû admirer ! Il avait eu la chance d'être au premier rang.

Je me précipitai vers mon bureau pour féliciter monsieur le Chef de Police quand je fus arrêté par mon sous-chef, qui gesticulait et courait vers moi de toute la vitesse de ses courtes jambes. Son visage resplendissait de joie.

« Enfin c'était la guerre, cette guerre que nous attendions depuis dix ans et que nos puissants ennemis habilement cherchaient à faire déclarer par nous en nous excédant d'humiliations renouvelées. Mais lassés par notre patience ils avaient démasqué leur faux jeu.

« Traitreusement et sans déclaration de guerre, précédant une flotte immense dont on voyait déjà les fumées, un sous-marin ennemi venait de torpiller le pont d'Enoshima. L'explosion avait été formidable. L'île était sacrifiée mais tant pis ! Rien à craindre car pour empêcher tout débarquement, nos braves soldats réservistes étaient déjà en tirailleurs sur la plage de Katase. »

Je ne devinai pas tout de suite que malheureusement cette histoire aussi était fausse ; et face à l'Est d'où arrivait la flotte ennemie, je criai trois fois et de plus en plus fort :

Banzai [1] ! Banzai ! Banzai !

---

1. « Dix mille années ! » Se traduit par « Hourra ».

CHAPITRE V

L'HONORABLE-BAIN CHAUD

Lavés par la mer,
Les rochers de Futami
Sont nets et candides.

Comme gérante de l'hôtel Umematsuya, j'avais
été jusqu'à l'entrée de l'île, pour recevoir monsieur
le professeur occidental. Monsieur l'honorable-
industriel mon client était retenu à mon hôtel à
cause de messieurs ses amis, et il m'avait prié de le
représenter auprès de Sa Seigneurie. Par dignité, je
m'étais fait accompagner par une des plus âgées de
mes servantes, Hana-San[1], qui a dix-neuf ans.

Après une longue attente nous aperçûmes une
automobile s'engageant sur la passerelle. Ça n'arrive jamais et c'est dangereux ; et je fus stupéfaite de
cet événement extraordinaire. Hana-San me dit que
ce devait être Son Excellence le ministre des Ponts
et Passerelles en tournée d'inspection ; lui seul se
serait exposé ainsi. Pour ma part j'avais comme un
pressentiment, mais je n'osai rien dire.

1. Mademoiselle Fleur.

Au milieu du chemin il descendit. Je poussai un cri. Sa taille dépassait celle de Leurs Excellences le ministre des Ponts et Passerelles et le vice-ministre superposés. C'était lui ! C'était Sa Seigneurie, monsieur le professeur occidental. Je tendis les bras vers lui et je pleurai.

Il marchait maintenant devant la voiture pour qu'on le discernât mieux. Toute l'île était déjà en rumeur. Quelle dignité, quel souci de son prestige ! Quel spectacle grandiose !

La catastrophe arriva. Je crus d'abord que c'était exprès. Sa Seigneurie n'avait aucune blessure, mais l'énervement me fit pourtant sangloter.

Nous fûmes bientôt de retour à l'hôtel, et c'est au milieu d'une foule immense que Sa Seigneurie s'assit sur la marche de l'entrée pour retirer ses souliers, chose obligatoire. Il ne put entrer dans aucune des pantoufles de l'établissement : ses pieds étaient trop grands, et il dut demeurer en chaussettes.

Je le conduisis alors dans la salle où aurait lieu le banquet, et je lui proposai d'aller rejoindre ces messieurs qui l'attendaient dans l'honorable-bain chaud. Mes jeunes servantes pleines de zèle et de curiosité le débarrassèrent au plus vite de ses vêtements. Et sitôt qu'il fut nu, je lui passai moi-même un kimono de nuit, le plus beau de l'hôtel.

J'étais très satisfaite de conduire Sa Seigneurie vers ma salle de bains qui est la plus belle pièce de mon établissement. Elle se compose de deux parties : une entrée en contrebas et lattée où se trouvent des robinets, des cuvettes, des baquets de bois, petits bancs, éponges d'algues, grandes louches de bois ; tout ce qu'il faut pour se laver. Le fond de la salle est pavé de céramique. Au centre un trou carré rempli d'eau chaude : c'est ma baignoire.

La rareté est que ma baignoire est d'une extrême grandeur. Alors qu'en face à l'hôtel Tomiya il est difficile de s'y mettre plus de trois, chez moi ces messieurs peuvent tenir à six sans se gêner trop, et même davantage s'il y a des enfants ou des jeunes filles.

J'ai eu l'honneur de recevoir dernièrement une honorable-famille de la ville de Toyohashi venue à Tokio pour l'Exposition, et j'ai eu le bonheur de voir à la fois toute l'honorable-famille dans ma baignoire. Il y avait monsieur le grand-père, monsieur le père, monsieur le grand fils, madame la grand-mère, madame la mère, mesdemoiselles les deux jeunes filles, et les trois petits enfants. On ne voyait que des têtes et des genoux. C'était charmant ! Toutes nous battions des mains tellement nous étions émerveillées. J'en pleurais de plaisir ! J'ai fait chercher madame ma collègue de l'hôtel Tomiya pour m'égayer de son mécontentement. Je regrette bien de ne pas avoir pensé à faire appeler monsieur le photographe qui m'en aurait ensuite tiré des cartes postales de publicité. Quelle réclame j'ai laissé échapper !

Nous entrâmes dans la salle de bains. Accroupi sur un petit banc, monsieur le professeur Kamei se faisait brosser au savon par mon vieux masseur. Il était déjà dans cette situation quand j'avais quitté ces messieurs une heure auparavant et je me demandais ce qui restait encore à nettoyer, car monsieur le professeur Kamei est très maigre. Il devait avoir du plaisir à se faire gratter le dos. M. Yamaguchi était assis sur le carreau de céramique les deux jambes dans l'eau, et bavardait avec les deux autres messieurs qui étaient plongés dans l'honorable-bain chaud.

Immédiatement je retirai le kimono de Sa Seigneurie ; il n'était pas décent qu'il demeurât habillé devant des messieurs nus. Notre entrée attira l'attention générale. Alors je reconnus bien ceux de ces messieurs qui connaissaient les particularités occidentales et qui savaient que les messieurs étrangers se scandalisent facilement d'un peu de nu. Monsieur le professeur Kamei dont la longue barbe pendait en une seule spirale savonneuse essaya de l'étaler en éventail pour cacher le bas de sa poitrine. De même M. Yamaguchi se laissa tomber dans le bain avec grand bruit. Au contraire monsieur mon client et monsieur son ingénieur sortirent vivement de l'eau au-devant de Sa Seigneurie.

Monsieur mon client lui prit une main qu'il attira et secoua longuement à la manière européenne en faisant toutes sortes de compliments. Il présenta M. Takamori qui commença alors à secouer la seconde main. J'étais tapie dans le coin le plus éloigné, occupée à me protéger des éclaboussures.

Il y avait en outre en ce moment dans mon hôtel une de mes plus honorables clientes, une dame âgée, de la grande bourgeoisie de Tokio, venue pour faire prendre l'air quelques jours à sa petite-fille convalescente. Ces deux personnes qui se trouvaient avec les messieurs dans la salle de bains profitèrent de cette situation de Sa Seigneurie pour se glisser le long du mur et sortir sans saluer.

Je trouvai leur départ très exagéré. Car enfin à notre arrivée l'honorable-dame était accroupie, elle avait la poitrine plate et à l'ancienne mode elle avait rasé ses cheveux à la mort de monsieur son époux. Si elle ne bougeait pas Sa Seigneurie n'aurait pas été choquée. Il aurait continué à la prendre pour un homme. Quant à la petite demoiselle de neuf ans, elle ne pouvait vraiment pas le scandaliser !

Mon honorable-client présenta à Sa Seigneurie son éminent ami, monsieur le professeur Kamei, dont il loua la science. Ce dernier était debout et le haut du corps courbé jusqu'à terre. Je pensai que c'était pour que sa barbe servît toujours de vêtement.

Après avoir balbutié de nombreux compliments et avoir décrit son insuffisance en matière scientifique, monsieur le professeur Kamei s'éleva jusqu'à demander à Sa Seigneurie un petit renseignement qui l'obligerait beaucoup. Pour cela il prononça d'une voix lente l'extraordinaire phrase suivante :

« Infiniment honorable-Excellence, excusez ma grave inconvenance, mais j'oserais espérer que vous vouliez bien avoir la bienveillance d'avoir la bénévolence d'avoir la grandeur d'avoir la munificence... ».

Je ne me rappelle plus le milieu de la phrase, qui était assez poli, mais enfin elle finissait ainsi :

« de me faire l'honneur de vouloir bien me dire quel était le régime des hypothèques dans le Royaume Celte à l'époque de la Table Ronde. »

Je ne compris rien à la question, mais je devinai qu'il s'agissait d'un animal fabuleux qui ravageait l'Europe, et que monsieur le professeur Kamei voulait voir si Sa Seigneurie pourrait dire le nombre des pattes d'une des bêtes les plus importantes de sa contrée natale. Il était certain que monsieur le savant professeur Kamei connaissait à merveille la solution. Il en est toujours ainsi quand un monsieur et surtout un professeur demande un renseignement.

Sa Seigneurie laissa passer un long temps sans rien répondre. Il regardait droit dans le vide par-dessus le dos de monsieur le professeur, et ne savait dire que « br... br... br... ».

Alors monsieur le professeur Kamei s'inclina plus profondément encore, et plus poliment encore répéta sa longue phrase. Pour être bien compris, il donna en langue anglaise la traduction de chacun des mots difficiles. Sa Seigneurie demeura muette.

Cela tournait au magnifique. Comment! monsieur le professeur Kamei, un modeste Japonais, avait été en Europe dans l'ancien temps seulement; il n'avait dû voir la Bête qu'une fois tout juste, et il avait eu la pensée sublime d'en compter les pattes et de les marquer sur son carnet, les plus petites en premier. Au contraire, Sa Seigneurie monsieur l'éminent professeur occidental, restait muet, lui qui était compatriote du Monstre, et qui, quand il était petit, avait dû, sur le dos de madame sa mère, aller le voir chaque dimanche à la ménagerie.

C'était l'effondrement de la science étrangère! Un triomphe sans limites pour la science japonaise! Une gloire pour mon hôtel! Ma salle de bains

devenait historique! Je pourrais montrer l'endroit!
Je pourrais faire payer la visite!... Ne me tenant
plus de tout cela, je me mis à sangloter de joie en me
tortillant. En quelques secondes mes manches
furent tachées de larmes.

Je sentis instinctivement que ma présence était
choquante à un tel moment. Je n'étais pas digne
d'assister à cette haute scène. Je suis ignorante et
sans diplômes, et surtout je suis une femme, être
impur et insignifiant. Ces messieurs qui affrontaient
ainsi leur science étaient du sexe sublime, et bien
plus haut encore, c'étaient des professeurs. Aussi je
commençai à me retirer à reculons, faisant la
révérence à chaque pas et sans pouvoir m'arrêter de
pleurer.

A ce moment Sa Seigneurie fut sauvée du gouffre
où son prestige achevait de s'engloutir, et ce fut
M. Yamaguchi le héros. Sorti à demi du bain et
tendant le bras comme pour lui serrer la main, il
interpella Sa Seigneurie en lui criant :

« *How do you like the young japanese* geisha-*girls?* »

Je ne compris pas plus cette phrase que la
précédente, ce devaient être encore des mots scientifiques. Mais M. Yamaguchi m'expliqua plus tard
que voulant donner à Sa Seigneurie l'occasion de se
réhabiliter, il avait choisi la question la plus facile et
il avait parlé en langue occidentale pour se faire
mieux comprendre et montrer aussi qu'il savait
l'anglais.

Quand je connus l'explication, je pleurai. On ne
voit pas plus beau au théâtre. Quelle magnificence

d'âme ! Quelle chevalerie et jusqu'au poli raffinement de parler dans la langue des vaincus !

Il avait dû lui demander comme à l'école en première année : « Dites-moi le nom de S.M. l'Empereur », ou plus facile encore, comme avaient questionné tout à l'heure mes servantes : « Est-ce que vous êtes marié ? »

La phrase anglaise eut un brusque résultat. Sa Seigneurie fuyant monsieur son triomphateur se lança vers le bain pour exprimer sa reconnaissance à monsieur son libérateur, et à l'occidentale il voulut secouer la main de M. Yamaguchi. Je me précipitai et de tout mon poids lui retins le bras au moment où il allait plonger dans l'eau l'extrémité de sa main. Or il ne s'était pas encore lavé ni rincé. Il aurait donc commis une incorrection. L'eau de la baignoire n'est pas faite pour se laver, mais seulement pour réchauffer, reposer, et réjouir le corps. On se lave d'abord au robinet qui se trouve à l'entrée de la pièce, et c'est seulement une fois propre qu'on est admis à la dignité de se plonger dans l'honorable-baignoire.

Tout s'était calmé. Les deux messieurs étaient rentrés dans l'honorable-bain chaud où ils se reposaient avec satisfaction de leur émotion de la bataille. Monsieur le professeur Kamei, comme un général modeste qui retourne dépiquer sa rizière après avoir sauvé l'Empire, s'était rassis humblement sur le petit banc et se laissait brosser à nouveau. Instinctivement et pour l'honorer, mon vénérable vieux masseur le grattait deux fois plus fort. Dans le silence de la salle de bains flottait une vapeur d'allégresse, de congratulations réciproques et de reconnaissance envers l'honorable-champion de l'Empire.

Je proposai à Sa Seigneurie de la nettoyer pour qu'elle pût aussi goûter de l'eau du bain. Après l'avoir inondée avec la louche, je me mis à lui savonner le dos. C'est un honneur spécial que je ne rends qu'à mes clients illustres. Sa Seigneurie n'était venue ici que dans l'espoir de recevoir un bol de riz bouilli. Quel orgueil devait-il éprouver à sentir l'auguste maîtresse de l'établissement dont il était l'hôte le frotter de savon aussi consciencieusement que s'il était monsieur mon père.

J'étais d'ailleurs presque certaine de gâter ma robe à cause du savon et j'agissais seulement parce que j'étais sous le regard de l'honorable-industriel qui, avec deux messieurs amis souriait à la ronde dans l'honorable-bain chaud. Constatant ainsi publiquement et malgré lui de quelle prévenance infinie j'accablais monsieur son invité et à quel point je détruisais mon vêtement, il serait obligé logiquement de me donner en partant un *cha-dai*[1] supplémentaire et suffisant pour remplacer ma robe par une robe neuve et plus belle.

A ce moment ma servante Hana-San ouvrit brutalement la porte, et entra avec agitation. Ses yeux brillaient et son visage manifestait l'excitation; elle avait chaud d'avoir couru. Sans saluer personne, sans laisser sa respiration se calmer, sans regarder Sa Seigneurie à qui elle parlait, elle lui dit à mots hachés qu'il venait d'être demandé à l'entrée par un jeune monsieur d'environ deux ans, une

1. Gratification personnelle qu'il est coutume de remettre à l'hôtelier.

112

dame et deux demoiselles. Apprenant qu'il était au bain, ces personnes s'étaient concertées mystérieusement et avaient disparu.

Sa Seigneurie s'agita et me dit que ces dames allaient revenir incessamment. Il fallait leur retenir quatre chambres, les accueillir dignement de sa part et leur dire d'attendre sa visite. Il irait les saluer séparément, sitôt vêtu.

Tout cela était anormal et même davantage. Un jeune monsieur et trois dames vivent nécessairement dans la même salle. Sa Seigneurie ignorait que dans mon hôtel les pièces sont grandes.

Sur les autres messieurs l'effet de la nouvelle fut saisissant. Au clapotis de l'eau je sentis comme une vague d'étonnement inquiet courir à travers le bain.

Pour moi, une pensée seule me remplissait : par sa précipitation, ses mauvaises manières et son impolitesse, Hana-San s'était forcément attiré le mépris de Sa Seigneurie. Mon hôtel était déshonoré par la faute de Hana-San. A mes yeux perlèrent deux larmes, l'une de honte et l'autre de fureur.

En prémice à l'admonestation que je lui ferais tout à l'heure et que je rendrais grossière par mon exagération de politesse, je commençai déjà à la punir sévèrement. Je la privai de l'intéressant spectacle de ces messieurs tout nus en lui donnant l'ordre de sortir instantanément.

Quelques instants plus tard nous vîmes entrer Mizu-San [1], ma première servante, et la plus âgée de toutes : elle est majeure. Mizu-San ferma doucement derrière elle la porte sur sa glissière et regarda

1. Mademoiselle Eau-Fraîche.

la salle avant de commencer à avancer. Puis suivant l'ordre choisi de politesse, elle alla successivement se placer devant chacun des messieurs. Là, les avant-bras croisés et posés sur sa ceinture, elle inclinait profondément le buste en leur disant chaque fois d'une voix sucrée : « *O jama itashimashita*[1] », ce qui est très poli. J'étais plus que satisfaite, et bouleversée par les émotions précédentes je sentis mes yeux qui commençaient à se mouiller de gratitude.

Alors, après un temps et s'inclinant vers moi, elle me dit doucement qu'il était convenable que je me rendisse à l'honorable-cuisine. Elle n'indiquait pas de raison. C'était donc important et secret. Je devais aller voir au plus vite.

Mizu-San par ses manœuvres distinguées venait de relever l'hôtel. Sa Seigneurie avait dû être émerveillée. Dans un élan de reconnaissance et pour récompenser Mizu-San je lui tendis le savon en lui demandant de me remplacer et de s'occuper maintenant des jambes qui, par ma nonchalance, étaient encore vierges. Mon geste délicat lui faisait gagner à elle aussi le prix d'une robe neuve. L'honorable-industriel payerait. Quand elles sont méritantes je ne néglige jamais l'occasion de récompenser mes servantes.

Pour prendre congé je me plaçai devant Sa Seigneurie, posai mes avant-bras sur ma ceinture, et m'inclinai longuement après avoir prononcé poliment : « *Dozo, go yukkuri*[2] ! »

---

1. « Excusez-moi de vous déranger » (en plus poli).
2. « S'il vous plaît, prenez votre temps ! » (en plus poli).

Sur ce je me retirai. Il était temps que Mizu-San vînt me remplacer car je commençais à être lasse. Pour saisir l'intéressante occasion d'une robe gratuite j'avais entrepris une tâche au-dessus de mes forces. Cela excédait d'au moins le double la puissance de travail quotidien d'une Japonaise que de couvrir ainsi de savon une surface de peut-être trente-six pieds carrés.

Je ne vis pas Sa Seigneurie entrer dans le bain, mais Mizu-San me raconta la scène. L'honorable-occidental en ressortit presque aussitôt, ne semblant pas s'y plaire. Il paraissait souffrir et sa peau était devenue rouge comme le fruit du *kaki*. Mizu-San n'y comprit rien, ni moi non plus.

Peut-être s'était-il brûlé... Pourtant je savais que messieurs les étrangers ne peuvent supporter qu'une eau à peine tiédie. Aussi aujourd'hui malgré le désagrément qui en résulterait pour messieurs mes autres clients, j'avais donné des ordres pour que l'on n'allumât que la moitié du foyer. Lorsque Sa Seigneurie pénétra dans l'honorable-bain tiède, la température ne devait pas dépasser quarante-cinq degrés centigrades.

Par une discrète habileté et pour ne pas éveiller l'attention, Mizu-San avait fait un léger mensonge. Ce n'était pas à la cuisine que ma présence était demandée, mais dans le grand vestibule d'entrée.

Je m'arrêtai prise de frisson. Le spectacle était extraordinaire. Dans la cour un jeune monsieur de onze ans se tenait fièrement. Il était vêtu d'une cotte bleue couverte d'inscriptions blanches qui me disaient qu'il était l'honorable-adjoint de monsieur l'épicier de Fujisawa. Devant lui, alignées soigneusement sur le parquet du vestibule, le long de l'entrée, une file indéfinie de grosses boîtes coloriées. Il venait visiblement de les sortir d'une grande toilette verte qui gisait près de lui, et il avait le visage cramoisi d'avoir depuis le tramway porté en courant une charge pareille.

A mes pieds toutes mes servantes étaient agenouillées sur le parquet, brûlantes de curiosité émerveillée. Elles avaient reconnu ces mystérieuses boîtes de conserve qu'à chacun de leurs jours de sortie elles allaient longuement admirer à la devanture de messieurs les épiciers.

Elles auraient voulu toucher les étiquettes, regarder les images, soupeser les boîtes, et je devinai qu'Hana-San, qui a l'intelligence la plus vive, les aurait toutes secouées à l'oreille pour savoir en plus si ça faisait du bruit.

Impossible : le jeune monsieur rageait comme un crabe et n'en laissait approcher aucune. A moi seule il permit de m'agenouiller devant, de toucher et de vérifier, à condition de remettre en place.

Avec une crainte respectueuse je pris une des quatre boîtes bleues qui commençaient la file. C'était lourd et rempli d'inscriptions étrangères. Je demandai au jeune monsieur ce que c'était. Il me dit d'un ton bienveillant que c'était une conserve de nourriture. Je remerciai et j'allais reposer la boîte quand je fus illuminée ; je venais de reconnaître sur le couvercle une tête de bœuf dans un carré blanc. C'était la viande d'un troupeau de vaches extraordinaires qui habitent en Amérique dans une petite prairie qui s'appelle Chicago. On les extermine, mais comme les puces de *tatami*[1], plus on en tue, plus il en revient d'autres. Messieurs les Américains sont désolés et ne savent que faire. Les carcasses pourraient empoisonner le pays. Alors et pour payer les frais, ils enferment la viande des vaches mortes dans de jolies boîtes artistiques, qu'ils essayent de vendre comme curiosité. On m'a même dit que messieurs les étrangers en mangeaient le contenu.

A la suite venaient quatre boîtes rouges et sur l'étiquette un peu de japonais. C'étaient les fameuses conserves de saumon qui sont fabriquées dans le Hokkaido, l'île nord du Japon. Un monsieur de mes clients m'a expliqué un jour que ce n'est pas du saumon ordinaire, mais un comprimé secret de crabe et de pieuvre. Cela donne un saumon presque aussi bon que l'autre et qui coûte beaucoup moins cher. On vend la boîte meilleur marché et messieurs les étrangers en achètent beaucoup. Ils ont l'estomac habitué et n'en ont presque jamais de coliques. Pour nos compatriotes c'est différent ; ils remarquent que la boîte a la couleur rouge qui enveloppe dans les pharmacies les médicaments dangereux, et avec raison, ils se méfient. Ils n'en prennent jamais, même pour se purger.

Le jeune monsieur désirait que je ne perdisse aucun motif d'admiration, car, au moment où je reposais la boîte, il me dit de regarder aussi sur l'envers le même beau poisson blanc qui était figuré sur le dessus.

Ensuite se trouvaient quatre boîtes de bois blanc.

1. Nattes qui constituent le sol des pièces japonaises.

Je soulevai le couvercle de la première et je reconnus le gâteau qui fait partie du lunch occidental que les sociétés ou les administrations offrent à messieurs les invités quand elles donnent une cérémonie commémorative. Chacun a l'habitude de rapporter ce gâteau chez lui comme souvenir et sans l'entamer. Du reste il ne le pourrait pas. Le gâteau est indestructible. Si le centre n'est qu'en riz comprimé, le tour est en ciment blanc ouvragé et décoré de petites boules brillantes. C'est très joli et constitue un souvenir éternel et qui ne tente pas les rats.

Enfin quatre bouteilles de vin *Bordo* fabriqué à Tokio. Le journal indiquait comment c'était fait. Beaucoup d'eau où on a fait macérer des *kaki* séchés et deux bons produits chimiques qui donnent l'un le parfum et l'autre la couleur. Ça désaltère, c'est plus sain et d'un goût bien meilleur qu'un produit copié du nôtre que messieurs les Australiens et les Français essayent en vain de vendre chez nous.

Voilà! Tout ça c'était des nourritures magnifiques qui ne devraient jamais quitter la devanture de messieurs les épiciers. Pourquoi avais-je été admise à l'honneur d'y toucher? J'étais suffoquée et la respiration me manquait. Quel usage pouvais-je en faire? Ce devait être une erreur! Ce n'était pas pour l'hôtel!

J'étais très émue et prête à pleurer. Je reniflai.

Alors le jeune monsieur me tendit avec dignité une carte de visite que depuis le départ il tenait précieusement roulée dans le creux de son poing gauche. L'envers se présenta d'abord à ma vue et je lus ces mots :

« Devant messire le professeur étranger, je m'humilie. Fujisawa est humble et voici seulement les misérables-objets que j'élève vers lui en remplacement des honorables-bagages détruits par mon inconvenante négligence. »

Je n'y compris rien : c'était trop résumé et à peine poli. Sur un sujet pareil j'aurais écrit deux cents lignes. En relisant je fus éblouie. Messire le professeur étranger c'était sa Seigneurie. C'était pour lui tout cela ! C'était pour mon hôtel ! C'était pour moi ! Quelle réclame ! Quel bruit dans le pays ! Quelle jalousie éprouveraient mesdames mes voisines.

En me tortillant et agitant les bras je sanglotai de bonheur. Dans mes transports j'eus une larme d'estime pour monsieur l'épicier. Quelle somme avait-il dû recevoir pour se séparer de ce qui faisait l'honneur de sa boutique. Quel total infini !

Par curiosité je lus l'endroit de la carte. Instantanément mon cœur s'arrêta de battre et j'en eus froid jusqu'aux pieds. Je tremblai. La carte était celle de Son Auguste Excellence Monsieur le Chef de la Police du village de Fujisawa.

Je n'aurais jamais cru que le présent vînt de si haut. Dans un éclair je vis toute l'inconvenance que je venais de faire en n'admirant pas assez et en pleurant avant de savoir. Alors, imitée d'instinct par les six servantes présentes je me prosternai devant le jeune monsieur et les honorables-boîtes de conserve. Je me prosternai en pleurant. Je n'avais plus la force de sangloter, plus la force de crier. Les larmes coulaient de mes yeux, de mon nez, de ma

119

bouche, de tous les trous de mon corps. C'était de l'humilité, du repentir, de la reconnaissance, de la vénération, des actions de grâce.

Cela fit beaucoup d'humidité.

CHAPITRE VI

LE CHAPEAU DE TARO-SAN

Amour maternel
L'éternel grelot du vent
Parmi les sapins.

J'étais très anxieuse de faire cette promenade à
Enoshima. Cela procurerait grand plaisir à Taro-
San[1], monsieur mon fils, qui est âgé de deux ans[2].
Aussi quand j'ai vu arriver samedi soir à notre
maison, mademoiselle la nièce de monsieur l'horloger, en compagnie de son amie Otoku-San, je n'ai
pas fait de politesse pour accepter l'invitation.

Pensez donc, Enoshima est un endroit si célèbre.
J'y ai été une fois avec l'école quand j'étais petite et
je m'en souviens à peine. Les demoiselles ne
connaissaient pas ce lieu d'excursion et elles étaient
encore plus troublées que moi de se rendre dans
cette île fameuse. Leurs toilettes seraient-elles suffi-
santes ?

Cela ferait un immense honneur à Taro-San

1. Monsieur Homme-Important. Taro est un prénom réservé au fils
aîné.
2. Un an suivant notre manière de compter.

d'avoir fait le voyage d'Enoshima. Quel bruit dans le voisinage ! Parce qu'on en parle quelquefois mais peu de personnes y sont allées. C'est une petite île pointue remplie de coquillages, avec des temples très vénérés. Taro-San grandit maintenant et il commence à se rappeler ce qu'il voit. Probablement il conservera le souvenir de cette journée.

La promenade s'annonçait dans des conditions merveilleuses, inimaginables. Les demoiselles me l'ont expliqué avec volubilité, mais comme elles parlaient toutes deux à la fois je n'ai pas tout compris. Elles venaient de l'Exposition d'Ueno. Cela s'était passé comme si un Génie, de dimensions immenses et voletant à cheval sur un hydroplane, avait laissé tomber sur elle un billet de 10 yen, en leur commandant d'aller avec cet argent en pèlerinage à Enoshima. Absolument comme dans les contes de nourrice. Je ne voulais pas y croire, mais on m'a montré le billet : y figuraient même l'heure du train et l'hôtel où l'on devait se restaurer. C'était fantastique. Il est à prévoir que le Prince occidental doué d'une espèce de double vue avait combiné cette miraculeuse aventure pour honorer Taro-San.

Quel bien cela ferait à Taro-San de respirer l'air vif de l'Océan ! Tokio est au bord de la mer, mais on ne la voit pas ; dans les canaux, l'eau ne remue pas, elle est jaune et semée d'animaux morts. D'après ce qu'on m'a dit la mer d'Enoshima est bleue et parcourue de vagues blanches : le spectacle doit être magnifique.

Taro-San ne sort jamais de Tokio, cela demande trop d'argent. Quand je vais en ville, dans les magasins ou en visite, il est toujours attaché sur mon dos. Mais l'air des rues n'est pas bon, toujours rempli de poussières et de miasmes.

Le quartier de Ryogoku non plus n'est pas sain, trop bas et trop près de la rivière. On risque toujours des inondations. Mais cela coûte cher de se rapprocher du centre de Tokio. Monsieur mon époux n'est pas riche. Comme on était trop nombreux dans son honorable-famille il a quitté sa ville natale d'Echigo, et après le service militaire il est entré à Tokio à la compagnie Mitsubishi comme employé aux écritures. Son traitement est de 65 yen par mois, mais je pense qu'on l'augmentera un jour.

Avec 65 yen on peut vivre cependant, et lorsque les messieurs les voisins déménagent on peut leur faire de beaux cadeaux pour tenir son rang. Je suis très économe. Quand on est mariée et qu'on a atteint vingt-trois ans, ce n'est plus le moment de penser à la toilette. La nourriture ne nous revient pas cher. J'imagine aussi des améliorations qui ne coûtent rien. Monsieur mon époux a fait venir d'Echigo une servante qui a treize ans et qui est déjà payée 4 yen par mois : mais elle se nourrit. A son arrivée la servante portait un nom vulgaire. Elle s'appelait « Ine [1] » ce qui est très commun. J'ai changé et je l'ai appelée « Chiyo [2] », nom qui impressionne toutes les dames du voisinage.

La maison n'est pas grande et bien près des maisons voisines. En plus de la petite cuisine et des cabinets, elle se compose de deux pièces, une

1. Pousse de Riz.
2. Mille Générations.

chambre de quatre nattes[1] qui est occupée par notre ménage et qui donne sur un petit mur en palissade. Par-devant se trouve la chambre de deux nattes[2] qui a vue sur la ruelle. Cette chambre est habitée par la servante, mais je m'y tiens souvent parce que cela distrait Taro-San de voir passer les gens.

On voit monsieur le marchand de poissons secs qui tient ses boîtes pendues aux extrémités d'un bambou qu'il porte sur l'épaule. Il marche de façon à faire claquer en mesure les poignées de ses boîtes. Ce bruit est très gai.

Il y a monsieur le raccommodeur de *geta*, qui tape sur un petit tambour pour prévenir la clientèle. Il y a surtout monsieur le nettoyeur de pipes, qui pousse sa petite chaudière à roulettes. Avec la vapeur, il cure et débouche les petites pipes des vieilles dames. Sur la chaudière se trouve un petit sifflet qui siffle doucement sans arrêter jamais en laissant fuir de la fumée blanche. Ce spectacle intéresse Taro-San et en même temps il a un peu peur. Mais c'est bon pour lui : cela l'habitue pour plus tard au bruit du chemin de fer et de la guerre.

Quelle responsabilité effrayante que Taro-San ! Par moments j'en ai le vertige. Taro-San n'est pas à moi. Il appartient à monsieur mon époux dont il est le fils. Je l'ai mis au monde pour que suivant la tradition il rende le culte à monsieur son père lorsque celui-ci mourra. Quel honneur de l'avoir engendré, moi qui ne suis qu'une humble femme.

1. 3 m. 60 × 1 m. 80.
2. 1 m. 80 × 1 m. 80.

J'en ai le dépôt sacré pour veiller à sa vie et à son éducation. C'est une charge magnifique! Je ne peux plus penser à autre chose. Si Taro-San avait appartenu à moi et non à monsieur son père je ne suis pas sûre que j'aurais eu vers lui la même ferveur religieuse. Qui sait? C'est peut-être le seul fils que monsieur mon époux aura. Si Taro-San venait à mourir?

J'aime beaucoup mademoiselle la voisine, la nièce de monsieur l'horloger. Elle est toujours heureuse et riante, et chaque fois que je la vois elle connaît sur le voisinage des anecdotes nouvelles et sans méchanceté : elle est bien intéressante à entendre. La nièce de monsieur l'horloger plaît à Taro-San, et quand elle lui chatouille le nez il rit et essaye d'attraper ses oreilles. Elle lui a cousu et donné dernièrement une robe qui est belle; c'est une personne très complaisante. Cet hiver elle était à la maison le soir où s'est déclaré le rhume de Taro-San. J'étais très inquiète; il toussait quelquefois et pouvait avoir de la fièvre. Elle a voulu rester avec moi à le surveiller et nous avons passé la nuit agenouillées contre l'*hibachi*[1]. Le lendemain comme cela n'allait pas mieux, la demoiselle est restée. Et le surlendemain soir quand j'ai envoyé la servante chercher dans sa maison des vêtements de rechange, nous avons appris que son honorable-famille avait commencé à s'inquiéter et qu'on avait dit à la police de regarder dans le fleuve Sumida. Nous en avons bien ri, malgré que Taro-San fût

1. Réchaud à charbon de bois qui sert de poêle.

encore un peu malade. La demoiselle n'avait à ce moment-là aucune raison de se jeter dans la rivière.

Ce matin, quand il est parti au bureau, monsieur le père de Taro-San m'a remis 3 yen, me disant qu'il ne voulait pas qu'il m'arrivât en route un ennui d'argent : Enoshima est si loin et la promenade peu fréquente. Je devais refuser ; il n'était pas poli d'emporter de l'argent sur moi puisque j'étais invitée. J'acceptai, parce que je pensai qu'il serait bon d'offrir moi-même là-bas à Taro-San un beau cadeau comme souvenir. Cela l'honorerait, et puis ce geste serait poli envers mademoiselle la voisine à qui je montrerais ainsi ma considération envers l'excursion qu'elle m'offrait.

D'ailleurs quand monsieur mon époux fut parti, je réfléchis à une chose. Taro-San n'avait pas un chapeau convenable pour aller dans un endroit semblable. Dans le train même, puisqu'il faisait beau, il y aurait beaucoup de dames et Taro-San serait le point de mire de toutes. Il possédait comme seul couvre-chef présentable une petite capuche rouge à ruban jaune que je lui avais achetée il y a dix jours. Ce n'était pas assez vif de ton, ni assez neuf pour un tel soleil d'été.

Je me rendis donc immédiatement chez monsieur le marchand et choisis un chapeau à large bord, de teinte vert cru et ceint d'un ruban rouge éclatant. Nous l'essayâmes sur la tête de Taro-San. Il lui entrait jusqu'aux yeux. Tant mieux, il le protégerait convenablement de la lumière trop vive. J'achetai d'enthousiasme le chapeau vert, malgré le prix élevé de 60 sen. Il les valait.

Comme je sortais de la boutique je réfléchis que

le chapeau vert ferait beaucoup plus d'effet s'il avait une plume fixée au ruban et je retournai acheter une plume d'oiseau sauvage qui ne coûtait que quelques sen. J'étais fière de cette idée d'économie. Avec un si faible supplément le chapeau avait doublé de magnificence.

Rentrée à la maison, je vis bientôt arriver les demoiselles, agitées et joyeuses, heureuses du soleil, de la promenade et de leurs brillantes toilettes. Il convenait de partir sans tarder, si nous ne voulions pas manquer le train. Mais comme cela se devait je leur offris d'abord l'honorable-thé.

Elles firent à Taro-San une infinité de compliments sur sa beauté et sa toilette. J'en fus satisfaite. C'est vrai, Taro-San a des petits yeux bien bridés et la tête carrée comme celle de monsieur son père ; sa peau a la belle teinte jaune uniforme d'un ancien *kakemono*[1]. Son petit corps masculin commence à prendre figure et quand mesdames les voisines viennent en visite je m'arrange toujours pour montrer Taro-San tout nu afin qu'elles soient bien certaines que c'est un garçon. Je suis obligée maintenant tous les mois de conduire Taro-San chez monsieur le coiffeur où on lui rase le crâne pendant que je le tiens sur mes genoux. Il commencerait à avoir des cheveux, le fripon !

Au moment de partir de la maison les demoiselles m'expliquèrent gaiement ce qui se passait. Mademoiselle la voisine avait dépensé à sa toilette l'argent confié par monsieur le Seigneur Étranger. Je l'approuvrai. Il est naturel qu'une demoiselle

1. Sorte de tableau.

cherche à avoir bon aspect, surtout qu'il s'agissait de faire honneur à Taro-San.

Mademoiselle la jeune fille avait été légèrement ennuyée parce qu'elle n'avait plus d'argent pour la promenade. Elle ne pouvait s'en ouvrir à moi qui étais invitée, ni à son honorable-famille à qui elle avait déjà raconté au long le merveilleux de l'excursion et qui ne lui aurait rien donné. Elle demanda donc à Otoku-San d'emprunter chez elle l'argent nécessaire. Seulement celle-ci avait aussi tout raconté et comme elle ne voulait pas dire le nom de l'honorable-amie qu'il s'agissait d'obliger, elle ne put obtenir de madame sa grand-mère que la somme de 2 yen.

Quand les demoiselles se rencontrèrent tout à l'heure, elles furent embarrassées. Otoku-San offrit en outre ses économies. Mais leur argent rassemblé ne faisait que 3 yen ; pour le voyage il fallait à peu près compter 9 yen et mademoiselle notre hôtesse n'avait pas réuni cette somme. A ce moment du récit, de bon cœur j'offris ce que j'avais. La demoiselle refusa. Du reste mon cadeau n'aurait pas suffi à compléter ce qui manquait.

Alors mademoiselle la voisine s'était rappelée qu'elle avait un *obi* auquel elle ne tenait guère. Elle ne pourrait le porter avant la saison des chrysanthèmes et le dessin ne lui plaisait pas. L'*obi* était quasi neuf et avait coûté, nous dit-elle, plus de 60 yen. En discutant avec monsieur le brocanteur elle en obtiendrait bien 10 yen.

Il aurait été plus correct qu'elle fît cette opération avant de venir, et sans me mettre au courant de rien. Mais les demoiselles s'étaient mises en retard, et sous peine de manquer le train, il fallait d'abord passer me chercher ; l'honorable boutique de M. le brocanteur est au voisinage de la gare de Mansei-bashi où nous avions à nous rendre. J'excusai mademoiselle la voisine de cette petite incorrection : la nécessité imposait et ce n'est encore qu'une jeune fille sans conséquence.

Avant de partir et par prudence, j'empruntai les économies de la servante : 6 sen, c'est déjà quelque chose.

Nous quittâmes la ruelle où Taro-San habite et nous débouchâmes dans la grande rue où passe le tramway. Presque au coin se trouve l'honorable-boutique de monsieur l'horloger. Il est riche ; il a le téléphone en commun avec monsieur le laitier. Et comme il vend des objets européens, son honorable-boutique est construite à la manière d'Occident. Il y a une grande glace en vrai verre. Quand il fait clair, on voit merveilleusement au travers, et quand il fait sombre, j'y peux regarder à mon dos Taro-San comme dans un miroir. Mademoiselle la voisine est heureuse d'habiter une si belle boutique. Je n'y suis jamais entrée ; cela m'intimide et je sens que je dérangerais.

Cependant je suis obligé d'y envoyer tous les jours la servante. Monsieur mon époux emporte chaque matin sa montre quand il part au bureau et peu de temps après il m'est nécessaire de savoir l'heure, pour faire faire bien régulièrement les besoins de Taro-San. J'envoie donc la servante. Il y a une grande horloge à la devanture, mais ça ne lui dit rien, parce qu'elle ne sait pas lire l'heure. Alors elle entre demander et ces messieurs sont bien aimables. Seulement, elle n'est jamais sûre de l'heure qu'on lui a dite et comme c'est important, je suis obligée de l'y envoyer à nouveau une ou deux fois. L'heure a changé chaque fois qu'elle revient et cela complique encore : c'est bien ennuyeux.

Nous montâmes dans le tramway N° 10. Mais les grands numéros européens accrochés sur les tramways sont là seulement pour les rendre plus distingués. Il ne faut pas s'en occuper. Il y a des tramways portant le même numéro qui vont dans trois lignes différentes.

Ce tramway-là était le bon et mademoiselle la voisine sortit fièrement son petit porte-monnaie pour acheter à monsieur l'employé nos billets d'aller et retour [1]. Elle commençait ses fonctions d'hôtesse.

Nous descendîmes près de la gare de Manseibashi et nous nous rendîmes chez monsieur le brocanteur habituel de mademoiselle la voisine. En chemin je lui demandai pourquoi elle n'allait pas plutôt rendre visite à un monsieur prêteur sur gages à qui plus tard elle pourrait racheter son *obi*. Elle me répondit que même si l'*obi* lui avait plu, il lui serait impossible de porter à l'avenir un vêtement qui aurait eu une aventure pareille. A l'automne, elle préférerait emprunter davantage pour en avoir un différent et un neuf ; enfin monsieur le brocanteur lui offrirait plus d'argent que monsieur le prêteur sur gages. Je n'avais qu'à me rendre à ces raisons.

1. On vend à Tokyo des billets de tramway aller et retour et le retour est valable pour n'importe quel trajet et n'importe quel jour.

Il arriva alors un grand malheur. Quand monsieur le brocanteur vit les toilettes des demoiselles et surtout quand il fut ébloui par le chapeau de Taro-San, il devina facilement que nous partions en promenade et que nous avions donc un besoin absolu d'argent. Alors il ne voulut jamais offrir de l'*obi* plus de 4 yen. C'était pourtant une cliente fidèle et nous insistâmes avec émotion. Rien n'y fit. Et pour ne pas manquer le train il fallut accepter en souriant. C'était la fatalité ! Si elle était venue la veille dans sa robe ordinaire, ou moi si seulement j'avais pensé à cacher le chapeau de Taro-San, elle aurait retiré de l'*obi* au moins 8 yen.

Nous nous dirigeâmes à pied vers la gare, très gaies d'apparence, mais un peu tristes en dedans de nous-mêmes. Mademoiselle la voisine surtout était ennuyée parce qu'elle n'avait pas assez d'argent pour nous bien traiter. Je réfléchis que c'était moi la fautive à cause du trop beau chapeau de Taro-San, et de grand cœur je lui offris 1 yen 20, la moitié de mes ressources. Elle n'aurait jamais accepté de m'emprunter cette somme, l'humiliation l'en aurait empêchée, mais comme c'était un cadeau, elle s'inclina en remerciant.

Nous arrivâmes devant la gare de Manseibashi et il n'y avait pas de temps à perdre. L'horloge marquait 9 h 55. Nous avions à prendre le chemin de fer électrique aérien qui demanderait six ou sept minutes pour nous transporter à la gare centrale de Tokio. Là nous devions changer de quai par le souterrain et prendre le train à vapeur qui part exactement à 10 h 20.

Les demoiselles coururent vers le guichet où une

dame vend les billets. Je m'arrêtai devant l'étalage de madame la marchande de journaux. A voir tous les objets exposés, je devinai immédiatement que j'allais y trouver un objet précieux qui pourrait servir à Taro-San de jouet en même temps que de parure. D'instinct mon choix se fixa sur un splendide pélican de celluloïd rose, avec des yeux ronds de couleur rouge vif, et d'énormes bajoues jaunes. On le suspendait par un ruban vert. C'était superbe. Je le fis essayer au cou de Taro-San. Je ne pouvais pas voir puisque Taro-San était attaché à mon dos, mais madame la marchande me dit qu'avec son chapeau à plume et cet énorme pélican qui ressemblait à une décoration militaire, il avait l'air d'un Général de l'Armée Chinoise. Je fus très fière, mais je reculai devant le prix : 15 sen. Si je lui achetais déjà un tel présent dans une gare insignifiante, comparativement quel cadeau énorme serais-je forcée de lui donner dans un endroit tel qu'Enoshima. Ma bourse ne le permettait pas.

Je remarquai alors une boule de celluloïd rouge qui pouvait se suspendre au cou par un anneau blanc. Elle avait un perfectionnement qui intéresserait Taro-San. A l'intérieur deux petits cailloux faisaient du bruit quand on la secouait près de l'oreille. C'était moins cher : 9 sen seulement. Mais la forme était beaucoup plus commune, d'autres petits garçons en auraient.

J'étais à hésiter dans ce choix difficile quand les demoiselles revinrent en se hâtant. Il fallait courir vers le quai, monsieur l'employé avait dit que le train arrivait dans une minute. Je leur fis part de ma perplexité. On essaya à nouveau les deux parures sur Taro-San et après nombre de réflexions, elles me conseillèrent le pélican qui faisait beaucoup mieux. C'était aussi mon avis et si j'étais restée seule, je l'aurais acheté. Mais je voulus paraître décider par moi-même et je déclarai que je choisissais la boule parce qu'elle était visible de plus loin.

Je payai et nous nous dirigeâmes vers le quai. Monsieur l'employé nous dit de courir. On entendit au-dessus de nous un roulement qui s'arrêta : notre train était en gare. Nous montions précipitamment l'escalier, risquant de nous tordre le pied sur les *geta*. Malheureusement il y eut un coup de sifflet et le roulement reprit. Le train était parti. Je réfléchis que nous ne manquerions pas le suivant qui passerait dans six minutes, et laissant continuer les demoiselles je retournai chez madame la marchande de journaux qui voulut bien reprendre la boule contre le pélican. Cet oiseau faisait certainement un effet plus digne.

Quand apparut le train suivant, l'horloge du quai marquait 10 h 12. C'était très juste pour notre correspondance. Mais nous ne nous en préoccupâmes pas car il n'y avait rien à faire. Pourquoi s'inquiéter de ce qui ne dépend pas de vous ? On se regarde et on rit beaucoup ; c'est ce que nous fîmes.

Nous faillîmes d'ailleurs manquer encore ce train. Les demoiselles restaient sur le quai arrêtées à regarder la toilette d'une dame qui descendait. Tout était parfaitement réussi, à part un détail qui rendait le reste piteux et risible. Elle portait l'ombrelle de l'ancien temps en bambou et papier huilé. On n'a pas idée de cela. C'est provincial, c'est démodé et l'objet ne coûte pas assez cher. On n'oserait pas en montrer à Tokio. Il faut porter l'ombrelle européenne de forme chauve-souris, en acier et en soie. Plus elle est ajourée de broderies, plus c'est élégant. Cette dame était probablement venue de la province pour l'Exposition, elle n'avait pas l'expérience et elle a manqué de conseils pour bien dépenser son argent. Il aurait été plus charitable de la plaindre plutôt que d'en sourire.

Dans le train Otoku-San m'apprit discrètement que chaque billet aller et retour avait coûté 12 sen de plus qu'elles n'avaient prévu. Mademoiselle la voisine devait être ennuyée sans le laisser paraître, et je ne regrettai pas ma générosité de tout à l'heure.

Nous descendîmes à la gare centrale de Tokio et nous courûmes dans le souterrain. Malheureusement nous débouchâmes sur le quai juste pour voir partir le train devant nous. Penché à la fenêtre d'un wagon il y avait même un énorme monsieur qui faisait le geste de nous dire au revoir. Voilà le deuxième train que nous manquions depuis dix minutes ! Tout cela était très comique et nous rîmes à en pleurer.

Le malheur n'était pas grave. Nous prendrions le train suivant qui partait dans cinquante-cinq minutes, à 11 h 15. D'ailleurs nous étions heureuses de ce repos, parce que c'était justement l'heure des gros besoins de Taro-San. Je pourrais les lui faire faire à loisir. Les demoiselles pourraient se promener dans la gare qui est grandiose et qu'on a si rarement l'occasion d'admirer. Quand on marche sur ses *geta* dans le grand hall dallé, cela résonne de toutes parts comme si l'on était Son Honneur l'Impératrice. On en est émue la première.

Après m'être arrêtée dans les cabinets, je me rendis à la salle d'attente où je donnai le sein à Taro-San.

Les demoiselles ouvrirent leurs ombrelles et sortirent gaiement pour se promener, pour admirer les toilettes des dames qui entraient, et regarder les petits bazars qui se trouvent à la suite de la gare. Au bout d'une demi-heure elles revinrent excitées et joyeuses. Elles avaient vu tellement de choses merveilleuses et confuses que comme elles parlaient ensemble j'y compris peu de chose. Mais je ne les en félicitai que davantage. Mademoiselle ma voisine me rapportait triomphalement un tout petit poisson de nacre pendu par la bouche à une boucle de fil vert. Ce bijou s'accroche au cordon qui tient *l'obi* et c'est un porte-bonheur. Comme nous allions visiter une île, un poisson était de circonstance et il nous servirait d'insigne. Elle en avait acheté trois, toute honteuse de leur prix : 5 sen seulement, et les demoiselles avaient déjà fièrement mis en place le leur. Elles étaient enchantées.

Évidemment l'idée était excellente, mais il était inconcevable que mademoiselle la voisine n'eût rien rapporté pour Taro-San. C'était plus qu'incorrect et j'en étais très mécontente. Par politesse je ne laissai rien voir, et en riant très fort, j'accrochai le poisson à la base de la plume du chapeau de Taro-San.

Puisque une personne venait de lui faire un cadeau, je trouvai convenable de lui en offrir un plus beau. A l'éventaire de madame la marchande de journaux, il y avait un épi de blé en papier roulé, et à la pointe de l'épi de nombreux objets tout petits étaient suspendus par des fils verts. Il y avait un petit sabre en carton, un petit dé à jouer également en carton, un petit tambour en papier, des petites boules rouges, et des petites boules brillantes. Il y avait une rondelle de carton sur laquelle étaient imprimés en rouge les deux caractères qui, écrits séparément, se prononcent *Tomi*[1] et *Tattoshi*[2]. Quand ils sont écrits comme ici l'un sous l'autre, leur sens ne change pas comme cela pourrait arriver, mais l'ensemble doit se lire *Fuki*[3]. C'est plus bref et ça sonne mieux. Seulement, il faut l'avoir appris à l'école. Tous les mots de la langue sont comme cela, et cela augmente le respect que l'on doit avoir pour les honorables personnes qui savent lire. Moi je sais lire un peu.

L'épi de blé et chacun des objets suspendus portent déjà bonheur. On ne peut donc évaluer le bonheur présagé par l'ensemble. Je fixai l'épi au ruban du chapeau de Taro-San, du côté opposé à la plume. Le chapeau avait encore augmenté de beauté, et j'étais fière de Taro-San. Il avait maintenant la fière allure d'un Maréchal de l'Armée Chinoise. Il était couvert de porte-bonheur et il riait. C'était du meilleur augure pour la journée.

Nous montâmes vers le quai pour choisir notre place dans le train. Nous courions très vite le long des wagons en poussant des cris et nous faisant

1. Richesse.
2. Noblesse.
3. Richesse et noblesse.

signe. Cela m'intimide toujours de passer devant un compartiment de seconde classe. Le velours des banquettes est si bleu et puis il n'y entre que les personnes de la noblesse, messieurs les *narikin*[1] et messieurs les étrangers qui, eux, sont toujours millionnaires en naissant. Comment font-ils ?

Supposons que nous y soyons montées. Après avoir glissé sans en avoir l'air notre regard un instant sur la figure des messieurs, nous aurions passé deux minutes agréables à admirer le visage des jeunes dames. Puis cinq minutes passionnantes à détailler leurs toilettes. Hélas ! il aurait bien fallu constater qu'elles avaient des vêtements plus brillants et plus neufs que les nôtres, et surtout messieurs leurs petits garçons auraient eu des pélicans plus gros que celui de Taro-San. Durant tout le trajet nous n'aurions plus eu de plaisir. On n'est jamais jalouse de la beauté des autres dames, parce que notre beauté propre est comme elle est. On ne peut guère y ajouter. Pour la toilette et le pélican, c'est tout à fait différent. Aussi aurions-nous possédé l'argent nécessaire, nous ne serions jamais montées en seconde classe.

Le principal plaisir du voyage en chemin de fer est d'avoir beaucoup de voisines et de s'en faire des amies. Il est agréable que ce soit de jolies personnes, mais moins bien habillées que vous. C'est donc difficile de découvrir le wagon le plus convenable.

Dans une voiture de chemin de fer ou de tramway, il est de règle que les enfants s'asseyent d'abord, puis les messieurs, les dames enfin s'il

1. Nouveaux riches.

reste de la place. Une dame assise ne se lève pas sauf si le monsieur qui entre est de sa famille. A présent, en général, il refuse et même quelquefois messieurs les étudiants offrent leurs places aux dames. Par genre, ils veulent imiter les ridicules coutumes d'Occident. Je n'aime pas cela. C'est ainsi que les bonnes manières se perdent.

Quelqu'un offre toujours sa place à une dame qui porte un bébé sur le dos. Elle le décroche, le met derrière elle et s'assoit sur le devant de la banquette. Messieurs ses voisins sont forcés d'en faire autant pour que le petit garçon ait de l'espace pour jouer.

On ne donne jamais sa place à une dame âgée parce qu'elle sait le faire toute seule. Elle tourne sur elle-même d'un air sournois. Dès qu'elle voit le moindre vide, elle se laisse tomber comme une foudre entre deux messieurs. Comme elle est maigre et pointue, elle peut facilement vriller du derrière, et au bout d'une minute, c'est elle la plus à l'aise.

Il n'y avait pas beaucoup de monde dans les wagons parce que la plupart des honorables-voyageurs étaient partis en excursion par les trains précédents. Nous eûmes donc malheureusement la place de nous asseoir. Si le wagon avait été plus rempli, les demoiselles seraient restées debout, ce qui est moins confortable, mais elles se seraient amusées davantage à cause des voisines. Dame ! on ne prend pas le chemin de fer tous les jours, on ne regarde donc pas à un peu plus de fatigue.

Le train partit subitement et nous fûmes quelques minutes sans reprendre notre respiration. Depuis le départ de la maison nous avions déjà éprouvé beaucoup de grandes émotions joyeuses, mais la partie magnifique de la promenade commençait seulement à présent. Chacune des secousses du wagon nous remplissait de plaisir. Le soleil était superbe. Et nous avions sur nous une quantité de porte-bonheur.

Laissant les demoiselles regarder à la fenêtre, je liai conversation avec une honorable-famille qui avait paru spécialement porter intérêt au chapeau de Taro-San. Il y avait madame la grand-mère, madame la mère, et deux petites filles ; ces personnes descendaient à Totsuka. Cette famille était dans le chemin de fer d'un rang moins élévé que nous, puisqu'elle n'avait pas emmené de petit garçon, et qu'elle descendait deux stations moins loin. Par politesse, je ne laissai pas voir la distance qui nous séparait.

Nous parlâmes d'abord naturellement de Taro-San, puis ensuite de ce qui préoccupe toutes les dames en ce moment : la vie chère. Hélas ! la pâte de haricots rouges a encore augmenté le mois dernier.

Je sais ce que c'est que la vie chère. De par ses fonctions, monsieur mon époux doit avoir doubles vêtements, habillement occidental et habillement japonais. Cela fait double dépense, mais c'est obligatoire. Puisque le bureau est une invention d'Occident, il faut s'habiller en Occidental pour y travailler. Et monsieur mon époux n'aime pas ces vêtements étrangers. Avec quel plaisir il s'en débarrasse dès qu'il rentre à sa maison. Le col et les manches sont si étroits. Surtout il ne peut pas supporter les chaussures. Cette aversion lui est venue au régiment. A la distribution, il avait reçu deux chaussures du même pied et il n'a pas osé dire à monsieur le sous-officier son erreur, pour ne pas se faire punir. Un monsieur sous-officier ne serait pas content de s'être trompé. Il en résulta qu'à la longue, monsieur mon époux s'est dégoûté des chaussures.

Quand même, c'est si mal commode à entretenir. L'autre année, je les mettais à laver avec les *geta* dans le bassin d'eau tiède. Elles tombaient au fond et l'eau n'en pénétrait que mieux. Mais alors, impossible de les faire sécher. J'avais beau les poser à même sur la braise du réchaud, elles sentaient le grillé et c'était tout. A force de sortir avec des chaussures mouillées, monsieur mon époux a attrapé une bronchite. Il paraît même qu'elles rétrécissaient et le faisaient souffrir davantage. Aussi, cet hiver, malgré le mauvais temps qu'il a fait, j'ai interdit à la servante d'y toucher et au printemps il y avait encore sur elles la boue du Nouvel An. C'était très laid à voir.

Avec ces dames, nous parlâmes ensuite de la difficulté qu'on a maintenant à Tokio pour meubler convenablement un jardin. Tout est si cher. Et nous discutons sur les avantages comparés des petits rochers et des arbres nains. Je donnai mon avis. Je suis pour les rochers. Je pouvais parler, le jardin de la maison se compose d'un petit rocher posé à terre et d'un érable nain planté dans une jardinière plate. Monsieur mon époux préfère pourtant son arbre à son rocher. Il le trouve plus distrayant. Mais bien que l'érable nain se dessèche en ce moment, je ne le remplacerai pas. J'achèterai plutôt un autre rocher.

Un rocher fait plus d'effet, et surtout c'est plus robuste et ça fait plus d'usage. A chaque déménagement si on prend soin de l'envelopper dans une couverture, il peut durer très longtemps ; il faut aussi le couvrir au moment du gel, de peur qu'il ne se fende. Ce sont les seules précautions à prendre.

Monsieur mon époux désirerait qu'on ne touchât pas au rocher de sa maison. Cela l'intéresserait d'y voir pousser peu à peu de la mousse. Mais j'ai la charge de son ménage et je veille à ce que tout soit propre et net. Tous les matins le rocher est brossé par la servante, et deux fois par semaine elle l'astique avec la poudre qui sert à frotter la casserole. Évidemment ce nettoyage le déforme et l'use un peu. Mais le rocher devient bien plus brillant.

Nous tombâmes d'accord pour approuver les excellentes mesures que les messieurs du Gouvernement prennent pour arrêter la vie chère. Ils ont déjà dépensé plus de 50 000 yen à faire coller dans tous les tramways une jolie affiche en couleurs, qui annonce l'organisation, chaque mois, de deux Journées Nationales d'économie. L'affiche indique en détail comment on devra s'observer ces deux jours-là, si on veut faire plaisir à S. M. l'Empereur. Il ne faudra pas offrir l'honorable-thé aux dames qui viendraient en visite, et ne pas donner ce jour-là de pourboires aux fournisseurs. Je ne devrai pas accompagner jusqu'au wagon messieurs les amis qui partiraient en voyage ce jour-là, de manière à économiser le prix du billet de quai. Que de dépenses seront épargnées et comme la vie va baisser ! J'étais bien contente de ces ingénieuses idées des messieurs du Gouvernement. Avec l'argent économisé, j'achèterais chaque mois, pour le chapeau de Taro-San, au moins deux plumes supplémentaires qui, ainsi, ne me coûteraient rien.

Le train était arrêté dans la gare de Yokohama et sur le quai des messieurs vendeurs criaient leurs marchandises. Nous avions un peu faim, et mademoiselle la voisine acheta à chacune de nous une boîte de *sushi*[1]. Après avoir longtemps hésité, elle choisit pour sa part une glace vanillée contenue dans un cornet en gaufrette.

Mademoiselle la jeune fille eut vite terminé de manger sa glace et regardait notre riz avec intérêt. Otoku-San devina que son amie n'avait pas eu le temps de manger ce matin. Cela arrive souvent aux demoiselles qui partent en promenade. Leur toilette les occupe si longtemps qu'elles ne peuvent prendre le temps de déjeuner. Et les demoiselles sont quand même en retard.

C'était vrai. Mais je demandai à la jeune fille pourquoi elle n'avait pas acheté pour elle aussi une boîte de *sushi*, qui est moins liquide et plus nourrissant que la glace vanillée.

La nièce de monsieur l'horloger me dit de ne pas m'inquiéter. Elle s'excusa : « Jamais, dit-elle, je n'ai l'appétit de manger quand je pars en promenade. J'ai l'esprit trop préoccupé et trop joyeux. Surtout aujourd'hui que je suis l'hôtesse. C'est pour cela que j'ai choisi la glace vanillée : je l'aime à en mourir et je ne m'accorde ce dessert que les jours de grande fête. » Et puis la glace coûtait seulement

1. Sorte de sandwich au riz.

10 sen, moitié moins que le *sushi;* la demoiselle désirait sans doute faire des économies.

Les dames nos voisines, qui maintenant s'étaient familiarisées, osèrent complimenter directement Taro-San de son chapeau et les demoiselles de leurs toilettes. Le wagon avait été bien choisi. De tous les petits garçons, c'était Taro-San qui avait le couvre-chef le plus compliqué, et c'étaient les deux demoiselles qui avaient les toilettes les plus fraîches. Taro-San ne répondit rien aux compliments, mais mademoiselle la voisine s'inclina en remerciant avec timidité, puis sortant un éventail de sa ceinture, elle l'ouvrit d'un geste brusque de la main et s'en cacha le visage. Elle avait bien choisi son moment, toutes la regardaient et ce fut un mouvement d'émotion générale. Elle tenait l'éventail noir chinois que mesdemoiselles les *geisha* portent cette année. Le journal en parle quelquefois, mais aucune ne l'avait encore vu. Avec simplicité et bonne grâce, elle avait déjà prêté l'éventail qui circulait dans l'admiration de toutes, et expliquait aux plus hardies dans quelle boutique de Tokio on pouvait l'acheter et comment il fallait le choisir. Quel succès ! Elle était transportée de bonheur. Pour la préparation de la promenade elle avait peut-être eu des contrariétés momentanées que j'ignorais, et elle en aurait encore d'autres. Mais un tel moment de plaisir la payait de tout.

J'étais pleine de joie car l'honneur rejaillissait sur nous. Nous étions devenues les Impératrices du wagon et Taro-San n'en devenait ni plus ni moins que S. M. le Petit Empereur de Chine.

Après lui avoir donné le sein, je fis faire à Taro-

San ses petits besoins par la fenêtre, et ensuite je laissai les deux petites filles jouer un instant avec son petit corps demi-nu. Cela me faisait plaisir, mais pas à Taro-San qui se mit à crier. Alors, je dis aux petites filles que quand Taro-San serait plus grand et si ça lui disait, je leur permettrais de se distraire ensemble d'une complète façon. Simple plaisanterie d'ailleurs, mais très spirituellement trouvée. Les petites filles ne comprirent pas ; elles étaient trop jeunes. Mais nous partîmes d'un fou rire et surtout madame leur mère et madame leur grand-mère ! Nous tenions la main serrée devant notre bouche comme cela se doit. Impossible de nous arrêter. Rien que de nous regarder, ou de regarder Taro-San et les petites filles nous faisait repartir à éclater. Quand ces dames descendirent à la station de Totsuka et que de la portière nous leur souhaitâmes « au revoir », nous avions toutes le nez humide et les yeux pleins de larmes de joie.

Bientôt après nous arrivâmes à la station d'Ofuna. D'autres messieurs marchands criaient sur le quai. Je sentis que je devais offrir quelque chose à ces demoiselles, par reconnaissance envers leurs toilettes et leur éventail. Je fis servir trois glaces vanillées que nous léchâmes en nous regardant de plaisir. Je donnai un peu de la mienne à Taro-San, mais il cria.

Le train repartit ; cela nous émut, et nous ne le laissâmes pas paraître. Jusqu'à présent nous ne nous étions préoccupées de rien, mais la prochaine station serait Fujisawa. Nous approchions de la région d'Enoshima. Naturellement, le paysage devint beaucoup plus joli. Ce n'était pas si grandiose que le spectacle des fumées d'usines, avant Yokohama, mais dans un genre différent c'était très pittoresque aussi.

La campagne était remplie par des rizières vertes comme le chapeau de Taro-San. Elle en était quadrillée jusqu'à perte de vue. Quelquefois, des messieurs paysans travaillaient tout nus et le haut de leur corps seulement dépassait de l'eau. Çà et là surgissaient de petites collines à pic, toutes crêpues d'arbrisseaux noir-bleu et d'aspect impénétrable. Comme les papillons y doivent être grands ! On dit qu'ils font de l'ombre quand ils volent. Nous cherchâmes le Mont Fuji pour faire vers lui notre prière, mais nous ne savions pas dans quelle direction il fallait le trouver. Il était probablement caché dans la fumée de la locomotive.

Nous fûmes émues quand le train s'arrêta. C'était Fujisawa. Ce nom poétique[1] était tracé élégamment sur tous les murs de la gare. Comme monsieur le chef de gare a une belle écriture ! Nous nous précipitâmes pour descendre. Monsieur le mécanicien aurait pu faire repartir le train sans prévenir.

La gare était grande, neuve et propre ! Messieurs les employés avaient l'air si occupé. Si Taro-San avait été le petit garçon d'un monsieur militaire ou d'un monsieur de la noblesse, monsieur le chef de gare serait sorti de son bureau blanc pour lui faire tout visiter avec cérémonie, mais aucun de ces messieurs ne s'occupa de nous. Tant mieux ! Nous aurions été très intimidées.

1. Fujisawa signifie « L'Étang-aux-Glycines ».

Mademoiselle l'hôtesse cassa poliment les billets devant monsieur l'employé et lui en remit une moitié de chaque. Elle était fière. C'était la première fois qu'elle cassait, en même temps, tant de billets aussi chers.

D'honorables-familles s'allongeaient déjà sur la route d'Enoshima. Nous aurions pu les suivre. En allant à pied, nous aurions fait durer notre plaisir et ménagé notre émotion. Mais mademoiselle l'hôtesse désirait nous offrir le tramway, qui coûte de l'argent et qui est plus distingué. Le chapeau de Taro-San ne nous permettait pas de faire la route à pied, nous l'aurions déshonoré.

Était-ce le bon tramway qui était devant nous ? Par sécurité, mademoiselle la voisine alla demander poliment ce renseignement à monsieur l'employé de la gare, à monsieur le sergent de police, à une petite fille, à un monsieur voyageur et finalement à monsieur l'employé du guichet de la station de tramway. A part la petite fille qui ne savait pas, tous les renseignements concordèrent. Le tramway devait être le bon. Du reste cette indication était écrite en énormes caractères au-dessus du guichet.

Mademoiselle la voisine fut heureuse parce que le billet d'aller et retour coûtait 22 sen. Quelle somme ! Mais le tramway était laqué jaune et n'avait pas une rayure. Il était plus lisse encore que le rocher de la maison.

Nous commencions à être très émues. Nous approchions de la célèbre île. Peut-être la verrions-nous tout à coup sans être prévenues. Cela serait trop et la respiration nous manquerait. A chaque arrêt du tramway, malgré l'avis de monsieur l'employé, nous descendions précipitamment sur la route pour regarder l'écriteau. Ce n'était jamais Katase et nous remontions en nous bousculant.

Enfin ce fut Katase juste au moment où, lassées, nous n'avions plus l'intention de descendre. Une station honorable, une vraie petite gare.

Nous étions dans la rue de Katase. De chaque côté étaient alignés des restaurants et surtout des bazars où étaient étalées de merveilleuses choses : des milliers de cartes postales à vendre tapissaient les murs, des serviettes de coton qui portaient en bleu le portrait de l'île, et que de coquillages ! Pas de ces coquillages vulgaires que l'on trouve au bord de la mer, mais des coquillages en plâtre de forme extraordinaire et peints de toutes les couleurs, en bleu, en vert, en rouge. Bien plus curieux que les coquillages qu'on pourrait ramasser sur le sable.

Nous étions très intéressées, mais nous n'avions pas le droit de regarder. Nous représentions le quartier de Ryogoku et nous allions en pèlerinage à Enoshima, et pas à Katase, qui n'en est qu'un faubourg. Il fallait être dignes.

Dès la sortie de la gare, ç'avait été le grand jeu des ombrelles. Sous les ombrelles éclatantes déployées au soleil, nous marchions à petits pas, trois de front au milieu de la route, bien séparées des autres familles et sans tourner la tête.

Mesdames les marchandes, au seuil des boutiques, nous invitaient gracieusement à entrer. Nous saluions avec noblesse et nous continuions. Soudain, nous poussâmes à la fois un même cri d'émerveillement, et perdant toute dignité, nous nous mîmes à courir. Devant nous était la plage et,

147

au fond, la mer. La mer, la mer verte, vivante et salée, qui miroitait plus loin que la vue. De l'autre côté de la baie la côte continuait, jaune et bleue. Et à gauche, au bout de sa longue passerelle mince, se dressait, verdoyante et pointue, la mystérieuse île d'Enoshima.

A côté de nous, sur la plage, des familles entières quittaient leur chemise et, encore plus nues que tout à l'heure dans le train, riant aux éclats, elles s'asseyaient dans la mer.

Ces demoiselles dégrafèrent leurs chaussettes et relevèrent leurs kimono dont elles passèrent les pans dans leur ceinture. Abritées sous leur ombrelle et tenant leurs *geta* de la main gauche, elles entrèrent joyeusement un peu dans la mer. Quel frais picotement aux pieds et aux mollets, quel délice ! Elles me conjurèrent d'y venir goûter un peu. Mais je ne pouvais pas. Si j'avais fait un faux pas et que Taro-San se fût noyé ou eût été pincé par un crabe !... Je lui fis glisser seulement du sable dans la main. Ce jeu l'amusait. Je lui ai fait aussi tremper son petit doigt dans l'eau, et ensuite, il l'a goûté. Il a crié un peu, mais en dansant d'un pied sur l'autre pour le bercer, je l'ai vite consolé. Il a appris ainsi que l'eau de mer était salée. Instructive leçon de choses, monsieur son père sera content.

Les demoiselles auraient bien voulu prendre un bain complet, au moins jusqu'à la ceinture, et elles eurent presque le regret d'avoir mis d'aussi jolies robes. Il n'y fallait pas songer. L'île nous attendait avec d'autres plaisirs plus grands encore et c'est ce qui nous permit de renoncer à celui-là.

A la cabane qui se trouve sur la passerelle, on

nous demanda 6 sen par personne pour nous laisser continuer. Pourquoi 6 sen ? A Tokio une dame m'avait dit que c'était 2 sen. On nous triplait le prix. Les messieurs du pont étaient comme monsieur le brocanteur de ce matin, ils avaient vu le chapeau de Taro-San et le chapeau de Taro-San était trop beau.

En pénétrant sur la passerelle, je fus inquiète. Elle paraissait si vacillante et si fragile. Si elle craquait sous mon poids, que deviendrait Taro-San ! Heureusement, nous parvînmes à un endroit où elle avait l'air toute neuve et je fus rassurée : les messieurs du Gouvernement s'inquiètent de son bon entretien. A cette place, il y avait d'honorables personnes qui examinaient la mer. Nous regardâmes aussi. L'eau était d'un vert effrayant et qui devait les magnétiser.

Une minute plus tard, nous étions dans l'île d'Enoshima et transportées dans un monde féerique. Sur les cailloux, nos *geta* me paraissaient faire un bruit plus sonore, et nos ombrelles étaient encore plus ensoleillées. L'île méritait sa gloire ; elle était même plus magnifique que me l'avait décrite, à Tokio, une dame du quartier. Figurez-vous une large rue montant à pic et de chaque côté des boutiques merveilleuses montrant toute une infinité d'objets sculptés dans des coquillages. Nous ne pensions plus à nous faire admirer, nous courions, essoufflées, de boutique en boutique, lançant un cri joyeux à chaque nouvelle découverte et nous appelant les unes les autres, pour faire connaître nos trouvailles. Je remarquai une petite locomotive en nacre, qui pourrait plaire à Taro-San. Cela serait

pour lui un souvenir convenable. J'entrais demander poliment le prix : 50 yen. Je comptai mon
argent, il me restait 70 sen. Il n'y fallait pas songer.
Dans le but de m'aider, mademoiselle la voisine
compta aussi le sien : elle trouva 1 yen 40. En
l'ajoutant au mien, il s'en serait fallu encore de
beaucoup. D'ailleurs, Otoku-San lui demanda
humblement de lui prêter 80 sen. C'était pour les
cadeaux. Elle avait promis de rapporter chez elle
tellement de beaux cadeaux.

Cinquante yen ! Ce prix nous émut pourtant et je
me mis à désirer davantage la locomotive. Qu'est-
ce qu'elle pouvait avoir de si curieux ? L'objet était
peut-être en vraie nacre. Tous ces messieurs marchands, d'ailleurs, ne devaient pas désirer vendre ;
leur devanture était trop belle, elle ressemblait à un
musée. Les messieurs marchands faisaient seulement connaître leur prix d'achat pour que l'on
admirât davantage.

Continuant ainsi à monter la rue, nous nous
trouvâmes tout à coup devant une énorme porte et
sur chacun des montants il y avait écrit verticale-
ment en trois caractères gros et noirs le nom :
« Umematsuya ».

Nous avions complètement oublié l'affaire de
l'hôtel et cette vue nous causa une surprise et un
désagrément bien compréhensible. Il était de notre
devoir de ne pas faire attendre davantage le Seigneur qui se trouvait à l'intérieur, mais nous ne
connaîtrions pas le reste de l'île, les temples et les
grottes qui, peut-être, étaient encore plus beaux que
ce que nous avions déjà vu. Quel malheur !

Il n'y avait pas à choisir. En souriant avec

beaucoup de crainte, nous entrâmes dans la cour de l'hôtellerie. La construction était magnifique ; elle honorait même l'île, ce qui est tout dire. Nous étions arrêtées devant l'entrée de l'imposant vestibule. Otoku-San me fit signe de l'œil. Par terre, au milieu d'autres chaussures, siégeait une paire d'énormes souliers blancs. Il fallait renoncer à l'espoir de visiter le haut de l'île, monsieur le Seigneur était là. Ces souliers étaient intimidants ; je n'avais encore vu de plus grands que les *zori*[1] sacrés qui sont pendus à la porte du temple d'Asakusa : ils ont six pieds de long.

Des demoiselles servantes étaient accourues et mademoiselle la voisine leur demandait gracieusement si un Seigneur d'Occident n'était pas là. M'étant appuyée par mégarde contre un pilier, je retirai aussitôt la main comme si je m'étais brûlée. C'était en bois rare et plus lisse encore que les piliers du temple Meiji. Jamais, même à Ryogoku, qui fait partie de Tokio la capitale, jamais je n'avais touché de la main un hôtel semblable. Et par terre, à quelques pas devant moi, se trouvait un rocher peut-être six fois gros comme le nôtre.

Les demoiselles servantes répondirent poliment que monsieur le Seigneur était un homme magnifique. Il était à présent dans l'honorable-bain chaud avec des messieurs amis. Mais il en sortirait certainement avant la fin de l'après-midi.

Nous nous reculâmes un peu pour délibérer dans un endroit moins intimidant. D'autres nouvelles

1. Sandales de paille.

151

demoiselles servantes arrivaient à chaque minute et nous suppliaient gracieusemant d'entrer.

Nous décidâmes rapidement qu'il ne fallait pas déranger monsieur le Seigneur pour le moment. Cette décision nous donnait le temps de parcourir l'île et surtout cela retardait notre entrée dans l'hôtel. Nous pourrions mieux nous préparer à ce grand événement.

Nous rouvrîmes nos ombrelles, fîmes de loin une profonde révérence aux demoiselles servantes et nous disparûmes, l'esprit un peu soulagé.

La rue continuait quelques vingtaines de pas, puis c'était un large et long escalier de grès, ombragé de grands cèdres, pour accéder aux temples qui, comme d'habitude, sont toujours situés très haut. Au premier palier de l'escalier, nous nous retournâmes pour admirer la vue. C'était enthousiasmant et nous battîmes des mains, nous montrant la passerelle jaune et mince comme un fil posé en zigzag sur la mer, et la plage où nous nous étions si agréablement baignées tout à l'heure. Sous nous, l'île avec ses maisonnettes de bois qui descendaient enchevêtrées et puis l'océan, les montagnes bleues, le ciel de lumière, le vent frais et enveloppant, toutes choses à vous faire perdre la tête. Jamais Taro-San n'avait vu pareil paysage, quel bonheur pour lui ! Un monsieur en faisait la photographie et j'aurais bien voulu qu'il prît Taro-San dans le tableau, mais je n'osai pas. Son appareil était trop petit. Comment, déjà, pouvait-il y faire entrer un paysage si grand et si beau ?

Nous continuâmes à monter, nous racontant ce que nous avions vu. L'hôtel était bien oublié. Nous arrivâmes devant les temples qui sont très vénérables. Je m'étonnai pourtant, car ils avaient l'aspect moins neuf que l'hôtel. Cela ne se devrait pas. De là-haut, la vue est encore plus belle, mais c'est toujours la même. Le spectacle devient même trop vaste, on ne distingue plus les petits détails qui font l'intérêt du paysage.

Nous mîmes chacune deux sen dans le tronc qui est à l'entrée du temple, puis nous tirâmes la cloche pour attirer l'attention du Ciel sur notre geste pieux. Penchées devant le sanctuaire, nous priâmes un moment. Pour ma part, je demandai à madame la Déesse *Benten*[1], d'accorder une vie longue et prospère à Taro-San, et de la part de Taro-San, je fis le même vœu en faveur de Sa Majesté l'Empereur.

Dans une maisonnette à droite de la cour d'entrée, il y a un vénérable-prêtre qui vend des objets bénits et des cartes postales. J'achetai pour Taro-San un petit morceau de bois bénit enveloppé dans un feuillet de papier où est marqué le nom du temple. Cela porte bonheur. Comme la tête du pélican s'était fendue dans nos descentes de tramway, je glissai la relique dans le pélican rose. C'était parfait.

Otoku-San devait réfléchir à ses cadeaux. Elle regarda minutieusement les cartes postales. Celles-ci représentaient uniquement des vues du temple et n'étaient pas même en couleurs. Seulement, sans supplément, monsieur le vénérable-prêtre y donne un coup d'un tampon de caoutchouc qui porte, au

1. La Déesse de la Fortune, honorée à Enoshima.

milieu, la date et autour le nom du temple. Cela authentifie votre pèlerinage et constitue un beau souvenir.

Otoku-San remit en place les cartes postales avec le respect que l'on doit avoir pour les choses sacrées, mais elle n'en acheta pas. Nous continuâmes. On suit une terrasse où l'on rencontre plusieurs temples, tout bariolés par les petites affiches posées en souvenir par les pèlerins. Le panorama est toujours aussi beau. Puis on s'engage dans une longue avenue, qui monte d'abord, puis redescend peu à peu de l'autre côté de l'île, vers les temples et les célèbres grottes sacrées. Elle est bordée encore de petits restaurants et de bazars. Nous avions chaud d'avoir tant monté et nous étions légèrement fatiguées. Mademoiselle l'hôtesse nous proposa de nous agenouiller sur la natte sous les banderoles de l'entrée d'un petit restaurant, et elle fit apporter, pour chacune, une coupe de glace râpée. J'aime beaucoup la glace râpée. C'est tellement frais qu'on a l'impression d'avaler un morceau de braise allumée. La brûlure vous en coupe la respiration. Ça doit être très bon pour l'estomac. Voilà un rafraîchissement qui est sain et qui n'est pas fade comme la glace vanillée et les autres sucreries. Ça ne sent absolument rien.

Agenouillées sur la natte, nous nous éventions à la fraîcheur, nous laissant regarder par mesdames les passantes. Nous avions bonne apparence, car certaines se retournaient pour continuer à nous voir. Mais pourquoi ne regardaient-elles pas davantage Taro-San? Il n'était peut-être pas assez visible. Il est vrai que je lui avais enlevé son chapeau, mais il avait encore sa robe qui est élégante et surtout qui est neuve. Pour qu'on en fût certain, j'avais laissé les fils qui ont servi à la bâtir, avant la couture. Les demoiselles aussi avaient laissé ces fils blancs traîner sur leur kimono : ils s'en vont bien trop vite à l'usage.

Nous reprîmes notre route. Le chemin descendait maintenant ; c'était plus agréable. Les bazars étaient bien tentants, mais nous décidâmes de ne pas acheter maintenant. Il fallait d'abord choisir le plus beau magasin. Nous y entrerions en remontant des célèbres grottes sacrées.

Après un certain temps, le chemin s'arrêta devant un petit escalier qui nous descendit à pic jusqu'au bas de la falaise. Le spectacle était gigantesque et effrayant. Devant nous, le grand océan qui va jusqu'au pays des étrangers. Nous marchions sur des rochers salés qui répandaient un succulent parfum d'algues [1]. Entre les rochers et bien audessous, la mer se secouait mousseuse et noire, avec un bruit sonore. Nous avions les yeux brouillés par le vent qui nous rendait joyeuses. Je craignis pour le chapeau de Taro-San, mais son cordon élastique tenait bon.

Les messieurs et dames se faisaient prendre en carte postale, debout sur le plus gros rocher. J'aurais bien voulu, mais c'était 5 yen. Un plaisir réservé aux millionnaires.

Les demoiselles, pour s'amuser, faisaient semblant de se jeter dans la mer. Pas de tout près, elles auraient eu peur. Elles riaient beaucoup. Un mon-

1. L'algue est un des principaux aliments japonais.

sieur qui se trouvait là, leur dit pour plaisanter que si elles voulaient se noyer, il y avait un autre endroit, presque aussi bien choisi et qui se trouvait au bout de la plage de Katase, dans la direction de Kamakura. Là non plus il n'y a pas moyen de remonter. Le lieu est un peu moins célèbre et fréquenté. Mais il convient aux demoiselles économes qui, ainsi, n'ont pas à payer le prix d'entrée de l'île. Dépenser six sen pour se noyer, cela devient tout de même exagéré.

Comme cette réflexion était spirituelle et comique! Et avec le monsieur nous en rîmes beaucoup. Nous le remerciâmes longuement de son bon avis et nous continuâmes vers les célèbres grottes qui se trouvaient à proximité.

On nous fit d'abord payer chacune 5 sen pour entrer. La célèbre grotte est comme un petit tunnel de chemin de fer, mais en bas, au lieu des rails, il y a un peu de mer. On marche sur une passerelle et les parois de la grotte sont tapissées de petites affiches posées en souvenir par messieurs les pèlerins. Dans le fond, il y a un tout petit temple allumé, avec des messieurs prêtres qui vendent aussi des cartes postales. Otoku-San regarda pieusement tout, mais n'acheta rien. Elle devait avoir son idée.

Tenant à la main des bougies, nous entrâmes dans un trou noir qui était le prolongement de la grotte. C'était très étroit, mais sans rien d'effrayant : ce lieu obscur avait l'aspect que présente la ruelle de Tokio où nous habitons, par une nuit d'hiver. Le sol était même encore plus humide. Les demoiselles appelèrent les échos, mais ils ne voulurent pas répondre. Le passage devenait plus étroit et le plafond s'abaissait. Je craignis que Taro-San ne salît son chapeau ou du moins qu'il ne se cognât la tête. Je pensais que nous allions arriver à une nouvelle porte où il faudrait payer peut-être. Pas du tout, nous étions parvenus au centre de la terre, et nous trouvâmes devant nous un mur. C'était la fin de la grotte et, par conséquent, l'endroit le plus sacré de l'île. Nous nous arrêtâmes un instant pour nous recueillir et prier, en notre nom et de la part des dames nos parentes et amies.

La première partie de la promenade était finie. Nous avions vu Enoshima, et cela nous serait un souvenir glorieux et éternel. Il nous fallait maintenant songer aux cadeaux. Cette pensée nous occupait tout entières et nous fit marcher vite. Le choix serait important et difficile, mais passionnant. Pour mieux calculer nous fîmes chacune le compte de notre monnaie. Mademoiselle l'hôtesse était la moins riche; il lui restait quinze sen. Et c'est elle qui aurait dû avoir le plus d'argent pour nous offrir un beau souvenir. Mais, s'il fallait, l'une de nous deux pourrait lui en prêter un peu.

Nous entrâmes dans un des premiers bazars sur la route. Ce n'était pas celui que nous avions choisi en venant; mais nous étions si pressées d'acheter. Le bâtiment était certainement moins neuf, mais l'étalage était plus beau : cela compensait un peu.

Nous laissâmes Otoku-San choisir la première, sans l'influencer. Pour messieurs ses petits frères, elle devait naturellement rapporter un *Tanuki*, qui est le porte-bonheur des petits garçons. C'est un blaireau sacré divinité secondaire de la mythologie, et qui a eu beaucoup d'aventures joyeuses. On le représente quelquefois en calèche, tiré par des rats. Mais on en vénère surtout l'image, debout sur les pattes de derrière. Sur sa tête un large chapeau plat; de la patte gauche, il tient un lampion pendu à un bambou, et de la patte droite une feuille de papier et une bouteille de *sake*. Avec un chapeau et un lampion en carton de taille décente, le modèle en peluche coûtait 30 sen. Elle en prendrait un.

Otoku-San devait choisir encore pour mesdemoiselles ses sœurs. Il y avait bien aussi le porte-bonheur des demoiselles. C'est un petit groupe en porcelaine peinte qui représente une dame demi nue, allongée et se préparant à enfanter. Madame la sage-femme est à genoux à côté, elle appuie le petit doigt sur le nombril et semble dire : « Ma foi, le ventre est bien gros, ça sera deux garçons. » Et la dame est bien heureuse.

Malheureusement le porte-bonheur coûtait 65 sen. D'ailleurs, madame sa grand-mère, était trop âgée, et mesdemoiselles ses sœurs, non mariées, étaient trop petites pour que ça les intéresse. Mesdames ses sœurs mariées n'étaient plus de la famille et elle n'avait rien à leur rapporter. Otoku-San renonça à ce cadeau. Elle se décida pour une petite boîte en carton qui contenait des petits coquillages en plâtre gros comme des grains de riz. Il y en avait de quatre sortes : des rouges, des verts, des jaunes et des bleus. Les jaunes étaient les plus beaux. On les voyait à travers un couvercle en vrai verre, coupé en quatre par deux diagonales de papier bleu. L'effet était splendide. Et puis, comme les coquillages étaient très nombreux, il y en aurait une petite collection pour chacune des demoiselles ses sœurs.

Pour madame sa grand-mère et madame sa mère, elle chercha des cartes postales. Toutes en noir. Enfin, elle prit deux cartes postales qui représentaient des demoiselles *geisha* de l'île. De jolies personnes et bien habillées. Elles souriaient en trois couleurs. Otoku-San ne dépensa pas toutes ses ressources ; je devinai qu'elle désirait s'acheter pour elle une serviette avec le dessin de l'île, comme nous en avions vu à Katase en venant. On se noue la serviette sur la tête quand avec un plumeau on époussette à l'aube le sol de la maison ; cette coiffure est très élégante.

Mademoiselle la voisine regarda longtemps avec désir les épingles à cheveux, dont une en forme de mouette. Aurait-elle eu l'argent pour se l'acheter, qu'elle n'avait plus de place libre dans ses cheveux pour une nouvelle épingle ! Elle choisit trois fois la même carte postale. On ne voyait pas le Mont Fuji, mais l'image représentait l'entrée de l'île, et on distinguait, devant une belle boutique, l'endroit même où nous avions dû stationner. C'était deux sen pièce ; mademoiselle l'hôtesse demanda aussi deux timbres à un sen et demi et elle écrivit sur-le-champ une carte postale enthousiaste à monsieur son père en Corée et une autre à madame sa grand-mère à Kozu. Elle rapporterait la dernière à madame sa tante à Tokio. Il lui restait donc six sen. Mademoiselle l'hôtesse nous dit qu'avec cet argent elle nous offrirait à chacune une carte postale signée par elle comme souvenir, mais elle chercherait plus loin si elle en trouvait, qui, pour le prix, fissent davantage d'effet.

Pour ma part, j'achetai sans hésiter, à Taro-San, un *Tanuki* semblable à celui d'Otoku-San, et je le lui fis accrocher à son cou. Le *Tanuki* avait au chapeau une plume de la même couleur que celle de Taro-San ; quelle coïncidence ! Le pélican rose devenait encombrant, et comme il avait maintenant la tête très fendue, je le donnai à un petit garçon qui regardait. Le petit garçon me remercia, puis s'enfuit instantanément.

J'avais de l'argent, parce que je pensais toujours à la locomotive de nacre. Une locomotive, c'est viril ! Qui sait ? Peut-être en marchandant... Monsieur le marchand me donnerait seulement une roue que je serais bien contente.

Nous remontâmes la longue rue vers les temples, et surtout vers le bel hôtel où Taro-San allait se reposer. La chaleur diminuait un peu, mais il devait être fatigué quand même. Au bout d'une dizaine de minutes, comme je regardais le *Tanuki* qu'Otoku-San portait suspendu à un petit bâton de bambou, je poussai un grand éclat de rire, qui fut partagé par mademoiselle la voisine. Le *Tanuki* d'Otoku-San était un avorton ridicule !

Puisque le *Tanuki* est le porte-bonheur des petits garçons, il est du sexe masculin et pour qu'il soit bien conformé, il faut que les deux gros sacs de peluche qui pendent entre ses jambes de derrière soient plus épais que ses cuisses et traînent plus bas que la pointe de ses nattes. Je pensai que les demoiselles sont bien naïves. Elles achètent sans prendre garde, elles acceptent innocemment celui

160

que leur tend madame la marchande et qui est toujours le moins beau. Les deux boules tombaient à peine aux genoux du *Tanuki* qu'Otoku-San nous tendait à présent d'un air désolé. En ce qui me concerne, j'avais fait attention. Pour Taro-San, j'avais choisi en les tâtant tous, et pris certainement le plus réussi.

Otoku-San nous regardait, rouge et honteuse. Mesdemoiselles ses sœurs allaient se moquer d'elle. Surtout madame sa grand-mère la plaisanterait peut-être doucement, lui disant qu'elle n'était pas encore bonne à marier, si elle ne savait pas reconnaître le meilleur époux. Otoku-San voulait retourner à l'honorable boutique pour changer le *Tanuki*. Mais le temps avait passé, et maintenant le seul plaisir escompté était le bel hôtel. Faire attendre Taro-San le fatiguerait inutilement.

Alors, dans un mouvement de générosité, j'offris d'échanger avec le *Tanuki* que portait Taro-San et je fis accrocher le sien à la place. Pour Taro-San, cela n'avait pas la même importance, il était trop jeune pour comprendre. Et monsieur mon époux m'excuserait quand il connaîtrait les raisons.

Cet échange rendit à Otoku-San toute sa gaieté. Elle me remercia humblement, puis les deux demoiselles partirent en avant en bavardant et riant. J'avais peine à les suivre.

Arrivées au temple, elles se rendirent auprès du monsieur prêtre qui était agenouillé derrière le haut comptoir. Otoku-San avait son idée. Après avoir fait une longue révérence, elle demanda humblement au monsieur prêtre de vouloir bien avoir la grâce de timbrer de son tampon de caoutchouc les

161

deux cartes postales qu'elle lui tendait : c'étaient les portraits des deux demoiselles *geisha*.

A notre stupéfaction, le monsieur prêtre refusa net. Il n'était pas accommodant. Otoku-San était désolée au possible. Si les cartes postales n'étaient pas timbrées, elles n'avaient plus de valeur, car on trouvait les mêmes à Tokio juste devant la maison de monsieur son père, et pour un sen de moins. Elle parlait de retourner jusqu'à la célèbre grotte sacrée où peut-être le monsieur prêtre serait plus conciliant : c'était impraticable. Convaincu enfin par nos supplications le monsieur prêtre voulut bien timbrer les deux cartes postales. Mais il fallut donner 10 sen à madame la Déesse. Dix sen pour deux coups de tampon ! Je suis sûre que si madame la Déesse avait parlé elle-même, elle nous aurait mieux comprises et n'aurait pas demandé plus de deux sen pour aumône.

Enfin, c'était fini. La journée avait été pleine d'amusements, les cadeaux beaux et bien choisis, nous étions contentes de nous. Les deux demoiselles descendirent l'escalier devant moi, en s'égayant à faire crépiter leurs *geta* sur les marches de pierre. Elles se retournèrent pour voir si je suivais.

Alors nous connûmes l'effroyable catastrophe qui, à mon insu, s'était déchaînée sur nous depuis un moment. Mademoiselle la voisine parut surprise, elle remonta quelques marches pour regarder Taro-San qui était attaché sur mon dos, et elle me dit poliment qu'il n'avait plus de chapeau.

Plus de chapeau ! Son chapeau vert avait disparu. Cette pensée glaçante me descendit tout le long du dos. Il fallait retrouver ce chapeau tout de suite, et en riant de colère, je remontai l'escalier en courant, suivie des deux demoiselles. Elles n'étaient bonnes à rien de n'avoir pas remarqué plus tôt l'accident. Pourquoi avaient-elles marché devant moi au lieu de se tenir derrière ! Nous demandâmes au monsieur prêtre des renseignements, et il nous dit qu'il avait vu tout à l'heure Taro-San sans chapeau. Il n'y avait pas attaché d'importance. Jugeait-il donc Taro-San comme une personne insignifiante !

Nous nous préparions à courir jusqu'à la grotte sacrée en interrogeant chacune des personnes rencontrées, quand une petite fille qui écoutait nous dit qu'au moment de notre discussion précédente avec le monsieur prêtre, elle avait vu passer une dame qui portait sur son dos un petit garçon à chapeau vert. La dame avait descendu bien vite l'escalier de pierre. Par sa beauté, le chapeau vert avait frappé la petite fille ; d'un côté, il avait une plume rouge avec un poisson et, de l'autre, un épi cassé d'où pendait un fouillis de petits objets brillants. C'était le chapeau de Taro-San. Il était tombé à terre derrière nous, il était trop beau et au lieu de le rendre, la dame l'avait gardé pour son petit garçon. Et maintenant, fuyant avec son trésor, madame la voleuse courait de toutes ses jambes sur la route de Fujisawa. Rien à faire pour la rejoindre, le chapeau était définitivement perdu.

La colère me faisait trembler les mains, et m'avait durci la bouche. D'une seule pensée, je vis le retour lamentable que nous allions faire, et toute la suite des humiliations qui nous feraient baisser la tête et marcher vite.

D'abord, il ne fallait plus songer à nous rendre à l'hôtel, où Taro-San et nous-mêmes, par contrecoup, aurions été la risée des demoiselles servantes si bien habillées. Ensuite, les dames marchandes de la rue de Katase qui, à l'aller, nous avaient vu passer si solennelles et fières... J'avais peur surtout du tramway et du train. Les dames voyageuses qui nous regarderaient de si près sans rien dire. Pourvu que nous ne rencontrions pas les dames dont, à l'aller, nous avions fait connaissance et qui nous offriraient leurs regrets polis de notre malheureuse déchéance. Il n'y aurait plus qu'à descendre en cours de route et à rentrer à Tokio à pied dans la nuit.

Je vis bien quelle était la cause du malheur. C'était moi. J'avais offensé madame la Déesse en ne lui remettant pas d'offrande quand je l'avais invoquée devant le sanctuaire de la part de Taro-San. Un jeune monsieur si bien habillé et si avare, il serait puni ! Ensuite j'avais offensé une deuxième fois madame la Déesse en donnant à un petit garçon inconnu le pélican contenant l'objet béni qui jusque-là avait retardé le châtiment.

Aussi je retournai devant le temple et je jetai quatre sen dans le tronc, deux sen qui étaient dus par Taro-San et deux sen de ma part, pour une nouvelle prière que je fis en sonnant bien fort la cloche. Le chapeau vert était perdu sans rémission, mais peut-être que cette punition suffirait.

Taro-San n'avait plus de chapeau, il fallait lui en trouver un neuf immédiatement. Otoku-San sortit timidement de sa manche de Kimono un petit mouchoir occidental en linon brodé et elle me l'offrit. On pourrait le lui nouer autour de la tête comme un bonnet. Je refusai, furieuse. Évidemment, ça le préserverait du vent, et il n'avait pas à craindre le soleil puisqu'il était abrité sous mon ombrelle. Mais cette coiffure était féminine et ridicule. Tout le monde prendrait Taro-San pour une petite fille !

En regardant le *Tanuki* d'Otoku-San, je compris subitement que c'était elle la cause directe de l'accident. En échangeant les *Tanuki,* comme elle n'est pas haute, Otoku-San avait maladroitement déplacé le cordon élastique qui maintenait le chapeau de Taro-San. Elle était partie en avant comme une folle et moi-même je me revis courant à pas heurtés pour les rejoindre. Les secousses avaient fait tomber complètement le chapeau sur la route et Taro-San endormi n'avait rien dit... Voilà !

J'étais pleine de colère contre la sotte demoiselle qui, par sa négligence, avait causé notre misère actuelle. Maintenant Taro-San n'avait plus aucun porte-bonheur sur lui : le *Tanuki* avorté ne le protégeait pas d'un nouveau malheur possible. Alors, poliment mais nettement, je demandai à Otoku-San de refaire en sens contraire l'échange des *Tanuki.*

Je décidai d'acheter immédiatement un chapeau neuf à Taro-San. Dans une île comme Enoshima, on doit trouver des chapeaux admirables. D'elles-mêmes, les demoiselles me remirent ce qui leur restait d'argent. Cela me faisait en tout 52 sen, de quoi se procurer encore quelque chose de convenable.

Nous descendîmes dans le village de l'île et nous

entrâmes dans toutes les boutiques. Partout on nous offrait des coquillages et nulle part il n'y avait de chapeaux à vendre. Dans l'île d'Enoshima, on ne vend pas de chapeaux pour petits garçons. Nous étions de plus en plus inquiètes et essoufflées. Heureusement, dans l'extrême bas de la rue, une dame nous rapporta de son arrière-boutique quatre petits chapeaux. Je poussai un cri de joie, et je saisis avec fièvre l'un d'eux. C'était une petite capuche rouge à ruban jaune, absolument semblable à celle que j'avais laissée à la maison.

Lorsque madame la marchande me dit le prix, je la regardai d'étonnement. Elle demandait 80 sen, exactement le double de ce que j'avais payé pour l'autre à Tokio. Il paraît qu'il y avait les frais de transport et puis elle devait supposer que les dames qui venaient jusqu'ici étaient riches. Je lui tendais mes 52 sen et nous la suppliions sans arrêt, rouges et haletantes, lui racontant l'histoire et lui faisant à chaque mot une nouvelle révérence. Madame la marchande n'avait pas de cœur. Elle baissa de 5 sen, puis demeura inflexible. C'était une dame mariée et elle devinait qu'il nous fallait absolument ce chapeau. Un monsieur eût probablement diminué le prix davantage.

C'était à trépigner de rage. Avec nos robes, nos ceintures, nos sacs, nos ombrelles, nos épingles de cheveux, sans compter la robe de Taro-San, nous avions peut-être sur nous pour 250 yen d'objets divers, et nous ne trouvions pas dans nos sacs, nos manches ou nos ceintures la somme de 23 sen pour mettre une misérable cape rouge sur la tête de Taro-San.

Les trois autres chapeaux qui restaient coûtaient moitié prix et j'aurais eu suffisamment pour en acheter un. Mais je les avais écartés d'office. Ils étaient indignes de Taro-San : tout petits et pas assez voyants.

Otoku-San eut tout à coup une idée. Nous avions sur nous des billets de retour qui avaient une valeur. Il aurait été ennuyeux de donner les billets de chemin de fer. Mais nous pouvions donner ceux du tramway de Fujisawa ; cela ne nous ferait pas plus d'une heure de marche pour arriver à la gare. Le billet de tramway de Tokio non plus n'était pas nécessaire. Le trajet de la gare de Manseibashi à la maison de monsieur mon époux ne dépasse pas quarante-cinq minutes.

J'offris les six billets à madame la marchande, qui voulut bien les accepter pour le solde du compte et je fis nouer soigneusement la capuche rouge autour du coup de Taro-San.

Nous nous remîmes un peu de notre émotion. le cauchemar était enfin terminé. Quelle chance d'avoir trouvé ce chapeau ! Ma dernière prière à madame la Déesse avait été salutaire. J'étais pleine de reconnaissance envers Otoku-San qui avait eu l'idée ingénieuse de donner les billets de retour. Généreusement, je lui dis qu'elle pourrait emporter chez elle le beau *Tanuki*.

A présent, que faire ? Nous avions dépassé l'hôtel et nous étions en face de la passerelle. A cause des dernières émotions, aucune n'avait d'appétit, nous étions lasses, nous avions vu tout ce qui était à voir, acheté tout ce qu'il fallait acheter. Les demoiselles proposèrent de rentrer : on arriverait déjà bien tard dans la nuit.

Otoku-San était obligée de revenir ce soir à Tokio; chez elle, on l'attendait. Il arrivait bien souvent pourtant qu'elle ne rentrât pas la nuit et personne ne s'inquiétait. Voici comment cela se passe; après le dîner de cinq heures du soir, on va chez des amies pour apprendre et raconter les nouvelles. A cause du langage de politesse, les phrases sont longues et les histoires n'avancent pas vite. A sept heures, l'heure du coucher général arrive et vous n'en avez pas encore dit la moitié. Alors, on reste passer la nuit sur le grand matelas des demoiselles à chuchoter entre soi dans l'obscurité. Guère plus d'une ne dort à la fois. Et à quatre heures du matin, quand tout le monde se lève, on ne s'est pas encore tout raconté. Alors, il faut promettre de revenir à nouveau le soir pour recommencer.

Conclusion : elle n'aurait parlé de rien chez elle, et personne n'aurait fait attention à son absence. Mais depuis deux jours, on s'émerveillait de sa promenade à Enoshima et cette nuit tout le monde l'attendrait sous l'ampoule électrique, madame sa grand-mère, madame sa mère, mesdemoiselles ses sœurs, et même messieurs ses petits frères qui n'auraient pas voulu se coucher. Agenouillées en rond, ces dames coudraient avec l'espoir imminent d'écouter ses aventures et de s'extasier sur les cadeaux rapportés. C'était peut-être son pas dans la cour ? Non, toujours rien que les ronflements de monsieur son père et de messieurs ses grands frères...

Elle se sentait obligée de partir au plus vite. Il

était presque quatre heures de l'après-midi et elle avait tant de choses à raconter que, à supposer qu'elle fût déjà à la maison, tant elle avait à parler, personne ne se serait déjà couché de la nuit.

Pour moi, c'était différent. Rien ne m'obligeait à rentrer ce soir à Tokio, et monsieur mon époux se mettrait à dormir l'esprit tranquille à son heure habituelle. Depuis que j'ai la charge de Taro-San, je découche très souvent sans le prévenir et il ne s'en préoccupe pas. En effet, il n'est pas très riche et sa maison n'a pas de salle de bains. Autrefois, tous les soirs après dîner, je l'accompagnais au bain public. Maintenant, le plus souvent, je vais chez une de ces dames qui ont les moyens, madame la marchande de poisson sec, madame la mercière, madame l'épouse du très honorable monsieur l'employé de mairie. Elles préviennent du soir où elles font allumer chez elles le bain. On s'y retrouve avec d'autres relations. C'est une politesse que de s'y rendre et on tient ainsi son rang. On se trempe à tour de rôle dans l'honorable-bain chaud, les plus âgées les premières. Il est naturel qu'elles aient l'eau la plus propre, après les messieurs qui prennent le bain d'abord.

De cette façon, Taro-San ne risque pas d'attraper des courants d'air comme au bain public et je tiens à le montrer à ces dames qui l'admirent toujours davantage. Après le bain, il n'est pas poli de s'en aller trop vite et on tient conversation. Pendant ce temps, Taro-San s'endort et que faire ? Impossible de réveiller le pauvre chéri. Il ne se rendormirait peut-être plus de la nuit. Ces dames me comprennent et je reste à coucher dans leur maison. Au début, je dormais à côté d'une d'entre elles, mais Taro-San gênait. Maintenant, on me donne le matelas de la servante qu'on envoie coucher auprès de la servante d'une voisine. Ainsi, je ne dérange personne. Dans les premiers temps, chaque fois je cherchais à prévenir monsieur mon époux, mais c'était bien difficile. Maintenant, avec raison, il ne s'inquiète pas si la nuit je suis absente. Au contraire, il est heureux, car il peut étudier à loisir le *shakuhachi*[1]. J'aime bien cette musique, mais je ne peux jamais l'entendre, parce que ce bruit agace Taro-San.

Taro-San se réveille de très bonne heure, de sorte que je peux rentrer avant le petit jour. Je me couche à côté de monsieur mon époux et avant le lever de la servante, quand il en a envie, nous pouvons avoir encore une bonne demi-heure agréable. Si j'avais été là toute la nuit, qu'aurait-il fait de plus : nous aurions passé le temps à dormir.

Il n'y avait donc aucun inconvénient à ce que Taro-San restât cette nuit à Enoshima. D'abord, il était fatigué par l'air salin, il dormait. Dans le train du retour, il risquerait de prendre froid. Enfin surtout, je tenais à ce que Taro-San passât la nuit dans l'hôtel. Avoir couché si jeune dans un aussi honorable endroit ajouterait à sa légende un fleuron ineffaçable. Cela serait un des grands moments de son existence. S'il n'avait pas eu de chapeau, j'aurais pensé autrement, mais puisque, après tant de peines, madame la Déesse lui avait permis de trouver un chapeau modeste mais décent, je n'avais

1. Sorte de flûte en bambou qui donne des sons mélancoliques.

pas le droit de laisser Taro-San perdre cette soirée unique.

Aussi, je rappelai cérémonieusement aux demoiselles que monsieur le Seigneur nous attendait et qu'il serait incorrect de lui manquer de parole. J'incitai même Otoku-San à remonter avec nous à l'hôtel, lui laissant comprendre qu'elle pourrait y profiter de l'honorable-bain chaud qui est si reposant.

Mademoiselle la voisine n'avait le droit de formuler aucune préférence. Son devoir l'obligeait à prévenir le désir de ses invitées et elle marchait souriante à nos côtés.

Je devinai à son air soumis qu'elle n'était pas heureuse de monter vers l'hôtel. Elle souhaitait que le Seigneur fût parti, ce qui aurait tout réglé. Elle avait probablement des soupçons sur les désirs du Seigneur à son égard. Jolie, fraîche et bien habillée comme elle l'était, on peut tenter même un Seigneur étranger. Elle avait accepté son argent, et elle serait encore son hôtesse à l'hôtel. Elle aurait donc des devoirs envers lui. De loin, ça ne l'avait pas effrayée. C'est un acte si naturel. Avec un Seigneur étranger ce serait même curieux. Mais au fur et à mesure que le moment se rapprochait, elle n'était plus tentée du tout. Certainement, ce n'était pas la première fois, mais les autres fois c'était avec de jeunes messieurs de chez nous et qu'elle connaissait. Et l'événement était venu sans réfléchir. Ici, elle n'avait que trop le temps de la réflexion. Cet hôtel trop beau pour elle, mesdemoiselles les servantes qui la serviraient avec une politesse exagérée et curieuse ; messieurs les amis du Seigneur étran-

171

ger qui ne la verraient pas, mais par qui, d'avance, elle se savait méprisée ; le Seigneur étranger lui-même, personnage imposant, inconnu et bizarre — tout cela lui soulevait certainement un peu le cœur.

Nous étions arrivées dans la cour de l'hôtel et elle s'arrêta un instant à la vue du vestibule. Les énormes souliers fascinants étaient là par terre. Pourquoi n'avançait-elle pas, j'étais étonnée. A sa place, je me serais rappelée que l'hôtel faisait partie du programme dû à mes invitées. Puisque c'était leur désir de s'y reposer, j'y serais entrée sans prendre le temps d'hésiter, ce qui est impoli.

Mais d'elle-même, elle se remit en marche. Mesdemoiselles les servantes qui guettaient notre venue, étaient apparues d'un seul coup en grand nombre. Se prosternant avec un gentil sourire, mademoiselle notre hôtesse pénétra dans l'hôtel la première.

Dans ce qui précède j'avais pensé seulement à Taro-San, mais pourtant il est bon que les demoiselles prennent de l'expérience avec messieurs les hommes. Une fois les noces venues, monsieur leur époux les en apprécie davantage. Il est plus assidu et en obtient plus vite un bel et honorable fils.

N'est-ce pas le seul but du mariage ?

CHAPITRE VII

GEISHA

Bras hauts j'ai couru
Après une mouche à feu...
Évanouie en dansant.

Jamais je n'aurais pensé être un jour présentée
d'aussi près à un monsieur de race étrangère. Il a
fallu que par coïncidence je fisse partie des demoiselles *geisha* demandées à l'hôtel Umematsuya pour
le banquet offert à ce Seigneur. Et surtout j'avais
une si grande envie d'un appareil photographique.

Un appareil photographique sert à prendre des
vues, mais ce n'en est pas le principal but. On doit
le considérer surtout comme un bibelot distingué et
de valeur, dont il est agréable d'être la propriétaire.

Nous autres, demoiselles *geisha*, de quoi pouvons-
nous avoir le désir ? Nous sommes logées et nourries
dans notre *geishaya*[1]. Nous avons des toilettes
nouvelles aussi souvent que nous pourrions le
souhaiter. Nous ne reparaissons jamais avec la
même robe, et quand nous sommes engagées pour

1. Établissement de *geisha*.

des banquets de cérémonies, nous changeons même de toilette plusieurs fois durant le repas. Évidemment, elles ne sont pas absolument neuves, mais elles font très bon effet. Les unes sont achetées d'occasion aux premières *geishaya* de Tokio, les autres sont louées. Mais je suis toujours très joliment habillée, je n'ai aucun motif de me plaindre.

Pour les produits de beauté, il en est de même. Nous avons droit à un carnet de papier-poudre par soirée : cette quantité suffit, je pense. Et nous sommes toujours munies d'une petite boîte de cure-dents pour en offrir aux messieurs pendant le repas.

En dehors de tous ces avantages, nous touchons un certain pourcentage de l'argent que nous faisons gagner à la *geishaya*. Cela permettrait de faire des économies si on savait en prendre l'habitude.

Alors, que pouvons-nous désirer ?... Des bijoux ! Ne me parlez pas des bijoux. Supposez qu'un monsieur bienveillant vous offre pour tenir l'*obi* une boucle en jade vert ; vos amies vous diront que c'était un souvenir de famille ou qu'il l'a achetée de seconde main ; dans ces deux cas, le cadeau n'aurait aucune valeur. Après avoir examiné l'objet, elles chuchoteront ensuite que c'est un faux jade. Que pourrez-vous répondre ? Dans notre pays tout s'imite si bien et de tant de façons différentes qu'il n'y a qu'un moyen de déterminer le vrai : c'est ce qui se paye le plus cher.

Écoutez l'histoire qui m'est arrivée dernièrement. J'ai dix-neuf ans et je commence le déclin de la vie ; j'ai donc de l'expérience. J'avais acheté chez monsieur le principal bijoutier de Kamakura, qui est la ville la plus voisine, une bague perle de très bon aspect, pour la somme de 15 yen. 15 yen, c'est un prix ! Et j'avais payé monsieur le marchand en présence de deux demoiselles mes amies. De la sorte, ma bague n'avait pas été discutée par mesdemoiselles mes compagnes et je la portais avec honneur au petit doigt.

Quelque temps plus tard, me promenant à Tokio sur le boulevard Ginza, j'aperçus à une devanture une bague plus grosse que la mienne, garantie également, et affichée 11 yen. J'étais vexée, d'autant plus que j'étais avec une de mes amies intimes, Koume-San[1], et une qui n'a pas les yeux dans les manches de son kimono, celle-là. Elle fit mine de ne rien voir, mais cent pas plus loin, elle me montra innocemment dans une boutique une bague avec une perle énorme, et qui était marquée 4 yen 50. La perle n'était pas garantie, mais elle paraissait encore plus vraie que les deux autres. J'en clignais les yeux de rage : ce sont des aventures à se tuer.

En rentrant à Enoshima, j'ai donné aussitôt la bague à Kame-Chan[2], une des plus jeunes fillettes de la *geishaya,* âgée de treize ans. Elle n'a rien compris à ma générosité imprévue et a voulu laisser croire aux autres qu'elle venait de recevoir ce bijou d'un vieux monsieur ; il n'y a plus d'enfants. Personne n'y a cru, on a reconnu mon bijou, et d'ailleurs la bague trop grande ne pouvait lui tenir qu'au pouce.

Cette aventure m'a découragée des bijoux, objets

1. Mademoiselle Petite-Prune.
2. Mademoiselle Petite-Tortue.

d'une valeur trop incertaine. Un appareil photographique, c'est différent. Tout le monde peut contrôler le prix dans les catalogues, et on sait bien que monsieur le marchand ne vous fera pas de réduction. Alors, si vous vous arrangez pour recevoir l'objet contre remboursement, et si après avoir payé comptant, vous déballez la boîte devant mesdemoiselles vos amies réunies, et que vous montrez l'étiquette de garantie prouvant que votre appareil est neuf, les plus envieuses sont obligées de vous complimenter sans restriction mentale et vous éprouvez un plaisir immense.

Malheureusement, il faut avoir l'argent. J'ai l'habitude de dépenser le mien au fur et à mesure. D'ailleurs, je ne gagne pas énormément ; je n'ai pas des engagements tous les soirs comme d'autres demoiselles *geisha* qui ont si grand succès, et cela me désole quelquefois.

Je suis pourtant gracieusement faite et c'est avec contentement que toutes les dix minutes je me regarde au miroir. Je suis parmi les plus jolies demoiselles *geisha* d'Enoshima. La preuve en est que cet hiver, quand monsieur le photographe est venu chercher un sujet à tirer en carte postale pour le Nouvel An, c'est moi qu'il a choisie. Il m'a photographiée dans une robe magnifique et tenant dans les bras un chien de carton, puisque, d'après l'astronomie chinoise, cette année est consacrée au Chien. J'ai été vendue à Kamakura plus de cent fois. Quelle fierté ! J'ai même reçu des lettres de messieurs. Mais ce n'étaient pas des personnes élégantes.

Dans ma profession, voici comment nous

gagnons notre argent : nous sommes invitées par des messieurs pour les distraire durant leur repas, et notre présence est payée à l'heure. Il faudrait donc être demandée souvent et longtemps. Voilà !

Nous avons deux principales catégories d'engagements : les banquets officiels et les petits dîners sans cérémonie.

Les banquets sont, en général, des repas de corps qui groupent des messieurs officiers, des messieurs fonctionnaires, ou encore des messieurs en rapport d'affaires. Le spectacle est très solennel. D'abord, il y a les discours. Dans ma longue existence, combien de discours ai-je entendus auxquels je n'ai rien compris ? J'écoute pourtant avec attention, car je voudrais m'instruire.

Au cours du repas, les messieurs s'occupent entre eux de ce qui les intéresse, et s'inquiètent peu de nous. Durant un banquet entier, ils parleront du dernier canon américain, ou de la spéculation sur les riz. Il est impossible de prévoir d'avance à quel point ce sera ennuyeux.

Le monsieur qui organise a demandé par leur nom quelques demoiselles *geisha* en vogue, et dont la présence donnera de la distinction au banquet. Il ne les obtient pas toujours, car elles peuvent être retenues ailleurs. Les autres demoiselles *geisha* sont engagées d'office jusqu'à concurrence du nombre indiqué. Et notre mission principale consiste à nous tenir agenouillées correctement en face des messieurs, séparées d'eux par le plateau où sont leurs mets, et à veiller à ce que leur coupe de *sake* ne soit jamais vide. En parlant entre eux, ils boivent sans y prendre garde, et nous avons le devoir de les faire boire le plus possible. De temps à autre, pendant le repas, nous donnons un intermède de musique ou de danse, mais les messieurs doivent affecter de ne pas s'en apercevoir.

Voici où est le difficile. S'arrêtant un instant de converser avec monsieur son voisin, le monsieur que vous servez vous adresse à l'improviste une question saugrenue et plaisante, et vous devez lui répondre par un quolibet respectueux mais piquant. Les demoiselles *geisha* sont les seules dames que les bonnes mœurs autorisent à répondre aux compliments des messieurs, et c'est pour cette raison que les messieurs dépensent tant de billets de banque à nous appeler pour les regarder manger.

Malheureusement, je possède un grave défaut : je n'ai pas l'esprit de repartie. Quand un de ces messieurs me parle ainsi à l'improviste, cela me glace et en me prosternant je lui réponds instinctivement : « *Sayo de gozaimasu-ka*[1]. » C'est ainsi que par respect doivent dire madame son épouse ou mademoiselle sa fille quand il leur pose une question, et c'est pour entendre quelque chose de plus imprévu et comique qu'il m'a fait l'honneur de m'interpeller. Ma réponse ne lui suffit pas ; deux minutes plus tard, c'est à une de mes amies qu'il adresse la parole. Et l'on risque de ne plus être invitée la fois suivante par un monsieur qui vous connaît depuis deux ans. Quelle humiliation !

Le repas finit en général vers sept heures du soir, et après que les plateaux sont desservis, on s'age-

---

1. « Est-ce que vous dites vraiment ainsi, honorable seigneur ? » (En plus poli.)

nouille par petits groupes, et nous jouons avec les messieurs à de gentils jeux de société comme « Chat Perché », « Pigeon vole », « Monsieur le curé n'aime pas les o [1] ». Ça les rajeunit ! A s'amuser avec nous, ils s'allument, et disparaissent au fur et à mesure pour aller rejoindre madame leur épouse qui a déjà étendu sur la natte la couche nuptiale ; ou, s'ils sont célibataires, ils se dirigent vers ces maisons nocturnes qu'on appelle par politesse « Étangs aux Lotus ». Quand ils discutent passionnément affaires au début du dîner, c'est bon signe. Ils boivent sans s'en apercevoir et s'allument plus vite. Le dernier des messieurs est parti avant huit heures du soir, et nous n'attendons que cela pour aller dîner à notre tour, car nous avons grand-faim.

Assister à des banquets semblables, voilà le plus clair de mes occupations. Les petits dîners sont réservés pour les privilégiées. Voici comment cela se passe. Trois ou quatre messieurs amis se réunissant dans l'intimité font appeler quelques demoiselles *geisha* pour leur tenir compagnie. Il ne nous est plus demandé de chanter ou de danser, mais seulement de parler, de rire ou de faire rire. Ces messieurs sont agenouillés autour d'une table basse, et nous nous mettons entre eux et tout contre : c'est moins cérémonieux. Ils boivent beaucoup et nous un peu. On fume encore davantage, et nous passons le temps à leur allumer des cigarettes au réchaud de braise. Mais ce n'est pas dangereux pour la santé, parce que dans les cigarettes japonaises la moitié est en carton, le reste se fume mais ne

1. Ce ne sont pas ces jeux, mais d'autres équivalents.

sent pas grand-chose. La conversation se prolonge, et si l'on rit beaucoup, les premières servantes de l'hôtel viennent se mêler à la partie. Mais je n'aime pas cela, il est préférable qu'elles gardent les distances. Pour que nous mangions à notre tour, ces messieurs nous ont fait donner des baguettes et nous avons picoré dans leurs raviers. On s'amuse franchement et on joue alors aux petits jeux, mais de bon cœur cette fois. Vers onze heures du soir, ils font servir un souper de *soba*[1] ou de *sushi*[2] et à une heure du matin, heure limite, on se sépare en bons amis et se disant gaiement « au revoir ». Nous avons passé une agréable soirée et même gagné de l'argent, puisqu'il figurera beaucoup d'heures sur la facture de la *geishaya*.

J'ai entendu dire que, dans des repas analogues, messieurs les officiers de l'Allemagne, par exemple, ne pouvaient s'empêcher de déshabiller au moins une demoiselle qu'ils disposent toute nue au milieu de la table. Heureusement, messieurs nos compatriotes n'ont pas cette habitude, car nous attraperions froid. Bien que nous ne soyons séparées d'eux à table que par quelques pouces à peine, ils ne nous touchent jamais. Et si vers minuit les plaisanteries sont parfois aussi lourdes que le Mont Asama, aucun de leurs gestes ne peut nous laisser voir qu'ils se sont rendus compte que nous étions du sexe auquel les messieurs s'intéressent. Ils sont venus simplement chercher une soirée de causerie distrayante avec trois demoiselles jolies, sachant s'ha-

---

1. Sorte de macaroni.
2. Sorte de sandwich au riz avec du poisson ou des algues.

biller, spirituelles et ayant liberté de leur répondre gentiment. Ils n'auraient jamais su trouver cela dans leur famille ni dans leurs relations.

Il en résulte que les demoiselles *geisha* demandées le plus fréquemment ce ne sont pas, comme moi, les plus jolies, ce sont, hélas, les plus spirituelles c'est-à-dire les plus pimbêches et les plus mauvaises langues : elles savent les meilleures histoires. Peu à peu, elles acquièrent la vogue, et au Japon la vogue dure, parce qu'il n'y a pas de raison pour qu'elle cesse. Elles sont invitées tous les soirs, votre *geishaya* acquiert la vogue, et vous en profitez par contre-coup. Mais vous ne leur en savez aucun gré parce qu'elles portent les plus jolies robes, qu'elles se considèrent comme des filles de *shogun*[1] et qu'elles s'offrent d'énormes appareils photographiques. Vous en desséchez de jalousie souriante.

Voilà pourquoi, n'étant pas célèbre, je ne voyais pas le moyen d'avoir jamais un appareil de photographie !... Vous pensiez peut-être que les messieurs nous remettaient quelquefois de l'argent dans un but plus intéressé. Cela ne se fait pas, ce n'est pas notre profession et nous serions déconsidérées.

On peut diviser les dames en deux catégories : celles qui, comme nous, vivent d'un métier indépendant ; et les autres, qui ont leur existence assurée par leur soumission aux messieurs. Cette dernière catégorie comprend les dames mariées et les *o-joro-san*[2]. J'ai appris un jour qu'à l'étranger les *o-joro-san* n'étaient pas honorées comme elles doi-

---

1. Anciennement, titre qu'avait le régent de l'Empire.
2. M. à m. : très honorables dames. En français : filles publiques.

vent l'être. J'étais en train de faire une réussite et j'en ai été si fâchée que j'en ai couvert de réflexions une carte à jouer. Quelle différence y a-t-il donc entre une dame mariée et une *o-joro-san* ! Ni l'une ni l'autre n'ont choisi leur destinée : c'est monsieur leur père qui a décidé et qui en a tiré tout le profit. L'une est honorée si elle est souriante et soumise à un honorable-époux changé plusieurs fois par nuit, et l'autre est honorée si elle remplit les mêmes devoirs avec un monsieur qu'elle n'a pas non plus choisi et qui doit rester le même toute la vie. Quand on réfléchit, aucune de ces deux alternatives n'est plus comique l'une que l'autre, et je me rappelle que j'avais écrit comme conclusion : « J'aime mieux être *geisha*. »

Je suis satisfaite d'être une demoiselle *geisha*, et je remercie monsieur mon père de m'avoir donné cette profession. C'est une chance ! J'avais onze ans et j'étais une des plus jolies fillettes de l'école de Fujisawa. Monsieur mon père, qui travaillait chez un menuisier, a désiré de l'argent pour s'établir à son compte. Par l'intermédiaire d'une agence, il a emprunté 500 yen à l'honorable-propriétaire d'une belle *geishaya* d'Enoshima, et il m'a confiée comme gage à ce monsieur ; il était entendu qu'après une durée de quinze ans la dette serait annulée et que je serais libre. Monsieur mon père a acheté une grande boutique ; et moi, on m'a enseigné la littérature, la danse, la musique, la cérémonie de faire le thé, et les bonnes manières.

Enfin, je suis devenue une demoiselle *geisha*, c'est-à-dire étymologiquement une artiste. J'ai des toilettes, de l'argent de poche, je fréquente des messieurs de situation distinguée. Je suis beaucoup plus heureuse et d'un rang social plus élevé que mesdemoiselles mes sœurs qui sont restées au village. J'ai pu m'en rendre compte l'hiver dernier, quand après ma bronchite j'ai été passer quelques jours de convalescence dans ma famille : tout le village avait pour moi une déférence sans bornes.

Néanmoins, lorsque je vais à Asakusa, je rends toujours mes actions de grâce au temple de madame la Déesse *Kvvannon*[1]. Supposez que monsieur mon père ait eu besoin d'argent seulement six ans plus tard, quand j'avais dix-sept ans ; j'aurais été trop âgée pour apprendre la profession de *geisha,* et jolie comme je l'étais, il m'aurait confiée dans les mêmes conditions à une *joroya*[2], où j'aurais exercé un métier aussi honorable peut-être, mais plus pénible et moins distingué.

Vous me demandez alors si les demoiselles *geisha* ont des messieurs amants. Évidemment. Il est contraire à toutes les lois naturelles qu'une demoiselle reste vierge quand elle a atteint l'âge nubile. La chasteté est ridicule, et elle le serait encore bien plus si elle n'était pas si difficile à observer. Mais nous ne devons recevoir en cadeau de messieurs nos amants que des babioles de superflu, nous n'avons pas besoin d'eux pour vivre.

Les unes cachent leurs amours. Cela prouve qu'elles fréquentent des messieurs peu élégants et madame la gérante n'aime pas cela. Les autres essayent en coquetant de se faire épouser par de

1. Déesse de la Miséricorde.
2. Maison de prostitution.

vieux messieurs riches et veufs. C'était très fréquent autrefois, le cas arrive moins souvent maintenant. Mais elles quittent la profession et deviennent des « demoiselles entretenues », ce qui est une espèce de mariage.

De toutes les demoiselles mes compagnes, je suis parmi les sages : j'ai un honorable ami à qui je suis fidèle depuis presque un an qu'il me connaît. Ce jeune monsieur est très gentil et j'ai un profond sentiment pour lui. Il est grand, robuste et doux. Il a un bel uniforme, mais quand nous sortons ensemble, je le vois, hélas ! toujours vêtu en civil européen. Il est élève officier à l'École de Marine Militaire de Yokosuka. Il a deux ans de plus que moi, mais de nous deux, c'est moi qui dirige sans paraître, car j'ai davantage l'expérience de la vie. Voilà six ans que j'écoute incognito la conversation de messieurs qui dînent ; et ça vieillit, vous pouvez croire. Tandis que lui n'a seulement jamais assisté à un repas de dames seules.

A peu près chaque dimanche, à son jour de sortie, nous faisons ensemble une promenade. Quand nous sommes au-dehors nous ne nous parlons guère, parce que dans le train il doit faire semblant de ne pas me connaître, et ensuite quand nous marchons à pied, les bonnes manières exigent que je me tienne derrière à au moins trois pas. J'ai le temps d'admirer comment son veston ne fait pas de plis, je porte son appareil photographique et son indicateur des chemins de fer tout cela me rend bien heureuse ! On finit toujours par arriver dans un petit hôtel, et là aussi nous ne parlons guère, parce que monsieur mon ami n'est pas loquace. Mais quand mademoiselle la servante a apporté le repas et qu'elle est repartie en fermant le panneau à glissières, nous nous mettons plus près l'un de l'autre, aussi près qu'il désire : il est si gentil.

Chaque fois, nous cherchons à varier le lieu de l'excursion pour trouver un endroit nouveau et pittoresque, et d'avance, j'ai toujours un peu peur. Monsieur mon ami est courageux, trop courageux. Il n'y a pas de torrent rapide qu'il ne veuille traverser pieds nus, pas de rocher escarpé qu'il n'escalade. De là-haut, il m'appelle. Si je lui crie ma frayeur, il me dit que ce n'est pas dangereux et il fait deux fois pire. Et si je ne lui dis rien, pour me prouver que c'est dangereux quand même, il me force à venir avec lui, et il me raconte que nous allons tomber et périr ensemble, et que cela sera excellent.

Aussi je choisis toujours des pays de plaine, où au Japon on est certaine de trouver des paysages très pittoresques et sans danger. Les torrents y sont assez étroits pour que je puisse les enjamber, et ma robe pourtant n'est pas large. Les rochers apportés exprès sont gros comme un compotier à gâteaux, et les arbres sont suffisamment nains pour que je puisse les regarder par-dessus. Le seul risque que l'on court est de se fouler un pied ou d'écraser un poisson rouge ! Et à l'endroit du meilleur point de vue on trouve toujours le petit hôtel qui est le principal. D'ailleurs, en cette saison, il pleut très fort et le plus souvent notre excursion n'est pas longue.

Cela revient cher d'être l'ami d'une demoiselle *geisha* : voilà pourquoi messieurs nos amants sont presque toujours d'un âge avancé ; les jeunes messieurs malheureusement n'ont pas assez d'argent sur eux. Monsieur mon ami est d'une famille aisée, mais imaginez la somme qu'il dépense chaque dimanche. Je ne compte pas les frais de chemin de fer ou de pousse-pousse, ni l'hôtel, ni le petit cadeau qu'en cours de route il se croit obligé de m'acheter chaque fois comme souvenir. Mais puisqu'il m'engage pour une journée, il doit payer à la *geishaya* le prix de 30 yen : je suis rangée dans la première classe et c'est le tarif. Il n'a le droit de me demander que de chanter, danser devant lui, lui parler et lui sourire ; aucune autre chose. Mais je ne lui refuse jamais rien.

J'oubliais la taxe de luxe qu'il doit payer en plus, car monsieur le gérant la marque à part sur la facture. A présent, le Gouvernement nous considère comme des objets de luxe. A mon opinion, c'est une injustice : les demoiselles *geisha* sont nécessaires au Japon et tous les messieurs à qui j'en ai parlé ont toujours été de mon avis.

De la sorte, son argent lui suffit juste, et je ne voudrais pas qu'il espaçât nos réunions car j'ai du bonheur à le rencontrer. J'essaierais bien de le voir à mes jours de sortie, mais si j'étais découverte par madame la gérante, cela ferait toute une histoire. D'ailleurs, par précaution, on ne m'accorde jamais de sortie le dimanche. Je m'efforce alors de diminuer sa dépense. Par exemple, j'abandonne à la maison mes vingt pour cent sur mon engagement de cette journée, et j'explique à monsieur mon ami que, comme client fidèle, on lui a accordé un tarif de faveur. Il est assez amoureux pour le croire...

Voilà mon histoire. Voilà pourquoi j'avais tant envie d'un appareil photographique, et pourquoi je n'avais pas l'espoir d'en posséder jamais un. Monsieur mon ami m'a offert un jour le sien, mais j'ai refusé parce que je ne veux rien recevoir de lui, et aussi parce que c'est un « Vest », un appareil minuscule qui a été fabriqué exprès pour entrer dans le petit sac des demoiselles *geisha*, et que la fabrique nous envoie d'Amérique par millions. Toutes mes amies ont le pareil ; j'en voulais un plus gros et un neuf.

Hier soir, nous étions six demoiselles *geisha* demandées pour un banquet à l'hôtel Umematsuya. En dehors de moi, il y avait quatre demoiselles de ma *geishaya* : d'abord mademoiselle Petit-Printemps, notre honorable sœur-aînée, et qui avait mission de nous diriger pendant la soirée. Elle est célèbre et je ne la jalouse pas ; elle ne tire pas gloriole de son succès et nous donne toujours de bons conseils.

Puis ensuite venait mademoiselle Petite-Prune, qui est de mon âge ; c'est ma meilleure amie et j'en ai déjà parlé. Enfin, les deux jeunes fillettes, mademoiselle Petite-Tortue et Fuji-Chan [1], bien qu'elles ne soient pas encore très débrouillées. La sixième demoiselle *geisha* engagée pour cette soirée était mademoiselle Petite-Forêt, célèbre *geisha* de la maison voisine de la nôtre, et qui tire vanité de ce qu'elle repousse avec ostentation messieurs les hommes. Cela s'explique, elle ne goûte que les

1. Mademoiselle Petite-Glycine.

amours féminines. De temps en temps, je ne dis pas, mais mademoiselle Petite-Forêt exagère : je la déteste.

Les messieurs de ce soir étaient peu nombreux, mais il s'agissait d'un banquet de grande cérémonie, donné en l'honneur d'un professeur de race étrangère ; le fait était rare et nous agitait fort.

Je n'avais encore vu dans ces conditions qu'un monsieur américain amené un soir en automobile par des messieurs de Yokohama avec qui il était en rapport d'affaires. Il ne disait mot à personne et sans arrêter nous lui versions à boire le *sake*. Pour ma part, quatre coupes[1] suffisent à me rendre joyeuse, et pour ces messieurs vingt coupes constituent une bonne mesure. Nous lui avons compté trente-sept coupes, et il était toujours aussi muet et peu remuant que le vénérable *Daibutsu*[2] de la ville de Kamakura ; nous n'en revenions pas. Évidemment, il ne connaissait pas la langue japonaise, mais les autres messieurs nous avaient appris à lui dire « *Sankiu*[3] et « *Ailoviu*[4] », mots qui sont, paraît-il, très polis en langue américaine. Il nous aurait seulement répondu « *Yes* » que nous aurions bien compris.

Depuis j'ai appris que leur Gouvernement avait supprimé l'alcool dans leur contrée. J'ai vite deviné pourquoi. C'était de l'argent perdu, ça n'arrivait pas à les griser.

L'honorable-étranger d'hier était d'une autre

1. Une coupe de *sake* a la contenance d'un verre à liqueur.
2. Gigantesque statue de Bouddha en bronze.
3. En anglais : *Thank you.*
4. En anglais : *I love you.*

espèce, et bien plus amusante. Vous allez voir! Après avoir pris l'honorable-bain chaud, ces messieurs s'étaient rhabillés et à 4 heures de l'aprèsmidi, juste avant le dîner, ils firent à la mode européenne un petit repas apéritif dans la pièce voisine de celle du banquet. Ils prirent du café, des gâteaux, des liqueurs et des cigares. Nous autres, demoiselles *geisha,* apparûmes avec politesse et, faisant les diligentes, aidant gracieusement au service, en souriant nous liâmes avec eux connaissance.

Je connais le monsieur qui offrait hier le banquet : c'est un honorable et riche industriel qui habite Azabu, le quartier élégant de Tokio.

En outre de monsieur l'étranger, les invités étaient M. Yamaguchi, qui, paraît-il, occupe un emploi dans le Gouvernement et M. Takamori, un jeune monsieur ingénieur qui m'intéresse fort peu. Pour la première fois je me prosternais devant monsieur le professeur Kamei, qui, par ses connaissances sur les bêtes sauvages, avait ébloui monsieur l'étranger. D'honorables-savants comme lui sont la gloire du pays, et je lui avais voué un dévouement absolu.

J'examinai discrètement et curieusement monsieur l'Occidental. Sa peau était vraiment blanche; pas comme la mienne, cependant; j'ai toujours sur la figure trois couches de lait de beauté. Son physique nous fit une impression satisfaisante : sa stature était grandiose. Mais il avait un manque absolu des usages; la soirée serait un peu choquante, mais elle nous distrairait.

Les incidents commencèrent aussitôt. Monsieur

l'étranger dit qu'il venait de se salir le bras avec un verre de liqueur, et demanda à aller se laver un instant dans la salle de bains. Savez-vous pourquoi ce manège? Pour quel spectacle rare, en vérité. Pour aller contempler trois femmes nues, accroupies autour d'un honorable-bain chaud, et y faisant barboter un jeune monsieur qui renifle et ne sait même pas nager. Voilà une scène qu'il peut voir chaque jour et partout; elle ne vaut d'ailleurs pas le dérangement. Mais monsieur l'étranger attachait un intérêt spécial à ces personnes qu'il avait introduites par surprise à l'hôtel et qu'il comptait certainement rejoindre cette nuit. Or c'étaient des dames de la petite bourgeoisie de Ryogoku, quartier de Tokio qui n'est pas parmi les plus chics, et parmi ces personnes se trouvait une honorable-dame mariée. On ne peut rien imaginer de plus incroyable.

Il fallut voir la contrariété des messieurs au moment où monsieur l'étranger demanda à se laver le bras : la catastrophe se dessinait, c'était un pas de fait vers ce qu'ils redoutaient. Le grotesque était déjà commencé, mais si l'événement avait lieu cette nuit, eux-mêmes en seraient ridiculisés pour les *neuf générations*[1]. Ils étaient accablés, cela apparaissait à leurs sourires redoublés et leur politesse zézayante. Pour nous qui n'étions pas compromises dans l'incident, nous nous jetâmes des clins d'yeux significatifs, à cause du pari.

Nos deux honorables sœurs-aînés, mademoiselle

1. Les quatre générations antérieures, eux, et les quatre générations à venir.

Petit-Printemps et mademoiselle Petite-Forêt, avaient conclu entre elles un pari passionnant au sujet de l'honorable-étranger. La première avait déclaré qu'il dormirait tout à l'heure avec une seule des honorables-dames de Ryogoku, et la seconde prétendait que, puisqu'il en avait invité un tel nombre, c'est qu'il désirait passer la nuit avec deux ensemble. Ce sont des choses qui arrivent ! Et pourtant mademoiselle Petite-Forêt laisse croire qu'elle ne connaît rien des messieurs. Deux ou quatre. Jamais trois : c'est un nombre qui porte malheur !

Il était entendu que la perdante coifferait la gagnante la prochaine fois que cette dernière éprouverait le désir de se laver la tête et de rafraîchir ses faux cheveux. C'est une opération désagréable que de coiffer une demoiselle *geisha* : la chevelure est si compliquée. On se coupe les doigts en faisant des ligatures de fil ciré, on se pique avec les fils de fer, on se graisse avec l'huile de camélia qu'il faut répandre à flots. Pendant ce temps, la coiffée, agenouillée face au miroir, n'a rien d'autre à faire qu'à ne penser à rien si elle peut, et surtout à faire recommencer le travail jusqu'à ce que l'échafaudage soit sans nul défaut.

Le plus fort est que monsieur l'étranger avait dit vrai tout à l'heure. En buvant, dressé sur les genoux comme tout le monde, il s'était renversé dans la manche un verre de marasquin. Il l'avait fait certainement exprès : la position à genoux est la plus commode pour boire.

La servante Mizu-san apporta aussitôt une cuvette d'eau pour lui laver le bras, et mon amie mademoiselle Petite-Prune s'empressa de l'aider à frotter monsieur l'étranger. Mademoiselle Petite-Prune est une intrigante.

Enfin, vers 4 h 30, après avoir terminé leur café et jeté leurs cigares, ces messieurs passèrent dans la salle du banquet. Le spectacle était très imposant. Dans la pièce immense et nue, il y avait sur la natte cinq coussins plats et devant eux cinq plateaux à pieds en bois laqué rouge. C'est plus cérémonieux que les plateaux noirs et on n'emploie en général les plateaux rouges qu'aux repas de mariage. Je pensai en souriant qu'on aurait pu inviter mesdames les mariées actuellement dans l'honorable-bain chaud.

Les messieurs étant peu nombreux, on avait espacé largement leurs places, pour faire davantage figure. Ils en seraient quittes pour parler plus fort ou moins souvent.

Comme d'habitude, les coussins étaient disposés suivant la forme du caractère *ko* des signes *kata-kana*[1]. On avait mis monsieur l'étranger à la place d'honneur, au fond de la salle et juste devant le *tokonoma*[2]. Avec lui, sur ce petit côté, monsieur le professeur Kamei avait la gauche, côté de l'honneur ; M. Yamaguchi avait la droite. Sur le grand côté, à gauche de monsieur l'étranger, on avait placé monsieur le jeune ingénieur Takamori ; derrière lui s'ouvrait la véranda du jardin. En face de M. Takamori, sur l'autre grand côté, le monsieur d'Azabu qui, puisqu'il était l'hôte, occupait la place la plus modeste.

---

1. Nous dirions : en fer à cheval.
2. Sorte d'alcôve qui, dans chaque salle, est l'endroit sacré.

Monsieur l'étranger avait donc en face de lui toute la perspective de la salle où nous danserions tout à l'heure. A sa gauche, la baie était ouverte sur le jardin, et à droite sur le couloir parqueté de l'hôtel. En été, il fait chaud et on démonte toutes les cloisons pour avoir de l'air.

Les messieurs s'agenouillèrent silencieusement aux places marquées, et nous-mêmes, agenouillées en face de chacun d'eux, nous remplîmes gracieusement leurs coupes avec du *sake*. L'instant était solennel, on allait commencer les discours.

Cette fois-là, les discours furent particulièrement longs et inintelligibles ; aucune de nous n'y a compris mot. Mais je vais les répéter de mémoire, pour la curiosité.

Le monsieur d'Azabu, se dressant sur les genoux, prit la parole dans les formes habituelles, de façon très polie, c'est-à-dire très vague, et il dit combien ses amis et l'humble personnage qu'il était se trouvaient honorés par la présence parfumée d'un Seigneur si auguste ; pour terminer, il leva sa coupe au succès de l'importante mission qui avait appelé au Japon monsieur le professeur étranger.

A son tour l'honorable-étranger commença à parler. Aux premières phrases nous nous regardâmes de l'éventail. Il parlait comme on parle, alors que quand on prononce un discours on doit parler comme on écrit : les mots sont naturellement différents et bien plus polis. Heureusement pour lui, il s'embrouilla dans ses phrases et préféra continuer en anglais. M. Yamaguchi, qui sait merveilleusement l'anglais, traduisit au fur et à mesure.

Monsieur l'étranger dit qu'il avait l'honneur

d'être l'envoyé extraordinaire de la Commission de Morale Sociale du Bureau de la Société des Nations. Il avait été décidé qu'une enquête serait faite sur la condition des femmes dans les anciennes colonies de l'Allemagne. Parmi les quatre nations, le Japon avait insisté pour que l'investigation commençât par les territoires sous son mandat. Notre gouvernement désirait faire connaître les œuvres qu'il avait instituées pour relever la condition de la jeune fille dans les îles de la Polynésie où l'Allemagne, auparavant, laissait négligemment fleurir l'union libre.

Monsieur l'étranger avait eu l'honneur d'être désigné pour cette agréable enquête, et il avait pris le paquebot pour l'Extrême-Orient. Sur le bateau même, en lisant une revue de voyage, il avait appris que le visiteur précédent avait été mangé par les indigènes de ces îles. Alors, il s'était arrêté à Tokio pour demander à notre Ministère des Colonies si les autorités japonaises avaient également su modifier l'alimentation des indigènes. On lui répondit qu'on allait faire une enquête et on le pria d'attendre : il était donc resté à Tokio.

Heureusement, ce printemps, une Exposition Universelle s'était ouverte au parc d'Ueno, et au Pavillon des Colonies, il avait été étudier le pan de muraille consacré aux îles du Pacifique. Il y avait découvert un graphique très intéressant qu'il allait contempler souvent, et qui lui avait déjà permis d'envoyer à Genève deux rapports longs et nourris. Il y a quelque temps, il était entré demander des nouvelles au Ministère des Colonies. On lui avait répondu très aimablement qu'on n'avait encore pas les renseignements complets : il était à craindre que, précisément, les enquêteurs n'eussent été mangés. On allait en renvoyer d'autres plus maigres et on lui conseillait d'attendre toujours. Voilà pourquoi, malgré tout son désir, monsieur l'étranger n'avait pu encore rendre justice à l'œuvre civilisatrice du Japon dans des territoires gérés avant lui par des barbares.

Sa! C'était enfin fini, et je libérai ma respiration que j'avais retenue pendant tout ce temps. Ce discours était absolument incompréhensible. Mais le triomphe de monsieur le professeur Kamei n'en était que plus méritoire, car monsieur l'étranger devait être un homme extrêmement savant dans son pays. Quel malheur qu'il ait été choisir ses relations dans le faubourg si vulgaire de Ryogoku.

A ce moment, M. Yamaguchi se dressa à nouveau sur les genoux pour parler en son nom. C'était contraire à l'habitude, puisqu'il y avait eu discours et réponse. Mais M. Yamaguchi avait quelque chose d'important à dire.

M. Yamaguchi expliqua que, par fierté nationale, il voulait dissiper dans l'esprit de monsieur l'étranger tout soupçon de négligence bureaucratique de la part de notre Ministère des Colonies. Du récit de tout à l'heure il ressortait que notre Ministère des Affaires Étrangères désirait, par déférence envers un hôte si précieux, lui retarder un voyage dangereux dans des îles lointaines. C'est pour cette raison de politesse que l'enquête prescrite en Polynésie n'aboutirait vraisemblablement pas avant quelques années. Mais si l'honorable étranger désirait rentrer en Europe, qu'il n'ait pas

195

crainte de demander au Ministère des Colonies une documentation sur l'objet même de sa mission! Depuis six mois déjà, on devait lui tenir prêt un rapport exact et circonstancié; il n'aurait qu'à prendre l'effort de le signer. Que monsieur l'étranger, s'il voulait en tirer gloire, n'hésite pas à raconter les dangers courus par lui en Polynésie! Loin de démentir, notre gouvernement serait charmé de l'innocente interprétation des faits.

M. Yamaguchi se ragenouilla dans l'admiration générale; j'avais compris peu de phrases, mais suffisamment pour savoir que c'était de la politique et que M. Yamaguchi serait un de nos grands hommes d'État.

Le moment des choses sérieuses était terminé, et il fallait oublier ces graves discours. Alors, le monsieur d'Azabu, que son col gênait depuis un instant, dit à la ronde que l'on était venu à la campagne pour se récréer sans cérémonie et qu'il convenait de se mettre à l'aise. Mesdemoiselles les servantes attendaient dans le couloir avec les kimono de nuit et en un clin d'œil les chemises et les pantalons tombèrent sur la natte. Ces messieurs se ragenouillèrent, vêtus du seul kimono de nuit, qui est beaucoup plus frais.

Nous autres demoiselles *geisha,* pour être agréables à messieurs les hommes, nous devons porter un *obi* élégant mais volumineux et chaud, et une chevelure qui pèse le double de son poids ordinaire. Mademoiselle Petite-Tortue avait même dans sa coiffure tout un petit orchestre de grelots. Quant aux messieurs, ils se rasent naturellement le crâne pendant l'été, pour avoir moins chaud.

Le repas commença, c'est-à-dire que ces messieurs, sans rien manger ou à peu près, remuèrent leurs baguettes dans les raviers. Car si monsieur l'hôte, pour honorer messieurs ses invités, doit leur faire servir la chère la plus délicate et la plus compliquée possible, ceux-ci ne doivent pas y toucher, pour montrer à monsieur leur hôte qu'ils tirent tout leur plaisir de sa bonne compagnie et non de la satisfaction de leur gloutonnerie. Pour la boisson, c'est différent. Mais puisqu'ils ne mangent pas, c'est double bénéfice pour madame l'hôtelière et aussi pour nous, à qui on sert souvent les restes. Seul monsieur l'étranger essayait d'absorber sans succès avec ses baguettes, le plat d'œufs qui pourtant n'était là qu'à titre décoratif. On lui apporta avec cérémonie une cuiller. Il devenait comique.

Au lieu d'être accroupi les jambes croisées comme étaient maintenant les messieurs, il avait demandé un deuxième coussin plat pour se surélever, et il était assis, appuyé à un pilier du *tokonoma* et les jambes traînant à terre devant lui. On ne s'appuie pas au *tokonoma* et mademoiselle Petite-Prune me montra qu'elle en était choquée.

Le banquet fut lugubre. Ces messieurs parlaient péniblement de la Société des Nations. Je n'arrivais pas à deviner ce que c'était, et ils ne paraissaient pas le savoir exactement non plus. Tout le monde pensait sombrement aux demoiselles de Ryogoku, qui, quelque part dans une pièce lointaine de l'hôtel, devaient être en train de manger l'honorable-riz. Auprès de chaque monsieur, il y avait un paquet de cigarettes dans une soucoupe, et un réchaud de braise pour les allumer. On ne fumait guère et on ne nous offrait pas de cigarettes, ce qui aurait été une politesse élémentaire. Enfin, nous n'avions pas à renouveler fréquemment nos fioles de *sake*. Mauvais indice.

Monsieur l'étranger se conduisait aussi grossièrement qu'un fils de pêcheur de poisson de mer. Voici ce qui se passait. Puisque c'était lui l'hôte d'honneur les deux demoiselles *geisha*, nos sœurs-aînées, s'étaient agenouillées devant lui de chaque côté, essayaient poliment d'engager la conversation et veillaient à maintenir sa coupe toujours pleine. C'était d'ailleurs le seul des messieurs qui bût. D'après la règle, elles ne devaient pas quitter la place jusqu'à ce qu'il leur eût fait l'honneur poli de leur verser à boire un peu de *sake* dans sa propre coupe. Il vidait celle-ci fréquemment, mais ne paraissait nullement avoir l'intention de leur y faire poser les lèvres. Il regardait plutôt de notre côté, nous autres jeunes insignifiantes demoiselles qui étions agenouillées auprès des autres convives moins importants. Évidemment, mademoiselle Petit-Printemps a déjà trente-deux ans, et elle est bien maigre. Quant à mademoiselle Petite-Forêt, celles de ses dents qui ne sont pas en or commencent à devenir très noires. Mais ce sont des demoiselles *geisha* en vogue et leur nom est connu jusqu'à Tokio ; il aurait dû comprendre l'honneur qu'elles lui faisaient en ne s'occupant que de lui.

Je ne suis pas ambitieuse et je me place généralement aux extrémités, où sont messieurs les jeunes gens, parce qu'on s'y amuse davantage. Je m'agenouillai en face de M. Takamori, qui se mit aussitôt à me raconter des histoires qu'avec erreur il trouvait comiques. Il est pourtant si facile aux messieurs d'être spirituels et ils n'y parviennent pas toujours.

Voici une aventure qui m'est arrivée la semaine dernière. Je servais le *sake* à un monsieur qui allait partir pour l'Europe, et il me proposa de me rapporter des cadeaux. Un simple marivaudage, mais très aimable tout de même.

Seulement, ce monsieur me dit qu'il allait dans la ville de *Pari,* qui est la joyeuse capitale de l'Empire de *Furansu.* C'était donc surtout pour s'amuser, et il y dépenserait beaucoup d'argent. Il cherchait alors quels étaient les cadeaux bon marché qui me feraient plaisir. Cela se mettait à ne plus être poli du tout.

Finement, je lui demandai de me rapporter deux de ces brosses à dents qui sont faites d'un petit bâton de bois dont l'extrémité est hachée en une petite touffe. Ici on a les deux pour un sen.

J'avais parlé à cause de mon amie mademoiselle Petite-Prune qui écoutait et à qui tout à l'heure, en rentrant, j'offrirais poliment la plus belle.

Ce monsieur trouva mieux : il me dit que là-bas messieurs les marchands doivent être plus coulants, et qu'en demandant humblement à monsieur le fruitier, il pensait avoir gratuitement une queue de cerise qu'il me rapporterait dans de l'ouate.

C'était grossier et je fus très piquée. A la première occasion, je m'écartai de son voisinage.

Il lui était aussi facile de dire qu'il m'achèterait la tour de 300 mètres qui existe dans la ville de *Pari* et qui, paraît-il, est encore plus haute et plus belle que la *junikai*[1] d'Asakusa. Il aurait pu même ajouter que pour que l'objet ne s'abîme pas dans le voyage, il l'aurait minutieusement plié en trois, bien à plat, avec le plus grand soin, comme on fait pour les kimonos.

Tout cela n'aurait été encore qu'un mensonge, mais si spirituel, et comme j'aurais souri de bon cœur !

M. Takamori était de la race des jeunes messieurs à l'esprit lourd, et il m'apprit naïvement qu'un honorable ancien ministre venait d'offrir un gros diamant à une des premières demoiselles *geisha* de Tokio. Lui-même avait apporté le pareil pour moi. Malheureusement, il ne le trouvait plus, il avait dû le laisser tomber dans le train en tirant sa montre de sa poche.

J'étais très vexée, je déteste être un objet de plaisanterie : on a sa dignité personnelle. La politesse m'obligea à le remercier en me prosternant, et à me lamenter sur son malheur comme s'il avait dit la vérité. Mais, dès que je le pus, je changeai de place et m'agenouillai le plus loin possible, devant M. Yamaguchi. Le jeune M. Takamori ne me plaît nullement.

Il n'avait donc pas deviné que, nous aussi, nous avions lu l'événement sur le journal et que, avec mademoiselle Petit-Printemps et mademoiselle Petite-Prune nous l'avions discuté avec passion. C'était le seul article intéressant du *Hi-no-de*. Malheureusement, il n'y avait pas assez de détails.

---

1. Tourelle à douze étages qui se trouvait à Tokio dans une sorte de « Luna Park ».

On servit à tous ces messieurs un plat européen en l'honneur de monsieur l'étranger. Il fut déposé sur le plateau de chacun en grande cérémonie, et j'aperçus au fond du couloir monsieur le cuisinier qui, glorieux de lui-même, surveillait l'effet d'émotion produit. Le mets se composait d'une assiette ronde et plate au centre de laquelle se trouvait une boulette de poulet bouilli entourée de quatre petits pois disposés en losange. C'était très joli. Tout de même, quelle nourriture bizarre mangent ces gens-là ! Monsieur l'étranger ne put pas, comme tout le monde, pincer ses petits pois avec les baguettes. C'est pourtant un légume de son pays. Il fut obligé de manger comme les animaux, en employant à la fois les doigts et la cuiller. Mademoiselle Petite-Tortue, qui est trop jeune, ne put s'empêcher de sourire un peu ; c'était impoli et je la privai du spectacle en l'envoyant chercher une nouvelle fiole de *sake*.

On était à peu près au milieu du repas, et nous allions donner une séance musicale. Mademoiselle Petite-Prune et moi, qui n'avions pas de rôle à jouer dans cet intermède, nous nous agenouillâmes entre ces messieurs au lieu de rester devant, et ceci pour leur dégager la vue. Ils n'étaient toujours pas plus gais. Cela m'était égal, j'étais seulement dans l'anxiété de savoir ce qui surviendrait cette nuit, à cause du pari.

Les deux honorables-aînées s'agenouillèrent au bout de la pièce, dos à la cloison de carton et tenant leur mandoline sur les genoux. Devant elles s'agenouillèrent les deux fillettes qui avaient disposé sur le chevalet leur gros tambour.

Comme je l'avais deviné, on allait jouer *Echigo-shishi,* qui est la plus célèbre des mélodies de notre musique classique. Depuis huit ans, je la joue ou l'entends presque tous les soirs. Cette mélodie me fait toujours autant de plaisir, et les messieurs aussi ne s'en lassent jamais. Ils connaissent l'air par cœur et ils sont capables d'en suivre la musique sans cesser même leur conversation : ce qui est admirable.

Au premier départ des tambours, je vis qu'une fois de plus ce serait manqué. Ce n'est pourtant pas difficile de jouer du gros tambour. Quand j'étais jeune, j'ai fait quatre ans ce métier. On s'agenouille par terre ; le monstrueux objet est disposé sur le chevalet devant vous, et au-dessus à bout de bras, on tend horizontalement les deux massues. On surveille le tambour de biais sans avoir l'air, comme s'il s'agissait d'une bête dangereuse qui peut vous attaquer. On pousse un petit coup de gorge pour se donner du courage et on frappe deux fois. Seulement, il faut retenir les massues de toute sa force : à treize ans, on n'est pas très robuste et si on les laisse tomber d'elles-mêmes, elles font un bruit terrible qui couvre toute la mélodie. C'est ce qui arriva. Quel vacarme !

Dans leur for intérieur, les messieurs étaient probablement satisfaits, car ce bruit était pour eux un prétexte pour demeurer muets. L'honorable-servante Mizu-San apparut à ce moment, portant les bâtonnets d'encens dont la fumée sert à chasser les moustiques. Je devinai qu'il s'agissait d'un événement grave, car les intermèdes musicaux sont une halte pendant laquelle on cesse en principe tout service. Mizu-San s'agenouilla juste en face de moi et pendant qu'elle allumait à la braise et piquait dans la cendre d'un petit réchaud un faisceau de bâtonnets d'encens, elle me chuchota la nouvelle suivante qui était extraordinaire. Une des demoiselles de Ryogoku, après avoir dîné un peu, venait de quitter l'hôtel. Par conséquent, ces dames ne restaient plus que deux. Je fus transportée de joie. Ma chance augmentait ; il faut dire que j'avais parié sur la chance de mademoiselle Petit-Printemps, dont j'estime beaucoup le jugement. Mon amie, mademoiselle Petite-Prune, par esprit de contradiction, avait tenu le pari contre moi. Tant pis pour elle ! Dans dix minutes nous apprendrions le départ d'une autre dame, et le pari serait gagné.

Déjà Mizu-San était partie annoncer la nouvelle en face à mademoiselle Petite-Prune, qui a dû être bien piquée. Mademoiselle Petit-Printemps, du fond de la salle, me regardait ; je lui souris, en balançant doucement la tête pour lui montrer que je venais d'apprendre un événement joyeux. Alors, pour savoir plus vite ce qui en était, elle accéléra la vitesse de la musique. Naturellement, les jeunes fillettes frappaient sur le tambour de plus en plus fort. Je crois même qu'elles manquèrent une reprise, mais cette faute n'a guère d'importance : la musique japonaise se répète constamment. Le morceau se termina dans un crépitement et un brouhaha si fort qu'on aurait dit un tremblement de terre.

Nous passâmes dans la pièce voisine changer nos robes, mademoiselle Petit-Printemps et moi, nous examinâmes la situation. Notre chance augmentait, mais il aurait mieux valu cependant que les dames partissent à deux ensemble.

Enfin, revêtues de nouveaux *obi* en brocart d'or, nous fîmes en longue file une entrée gracieuse, portant chacune un bol de bois noir laqué contenant une soupe qui fleurait un délicieux parfum d'algues. Cela m'étonna. En général, à cet hôtel, la cuisine est bien mauvaise.

Je marchais la première, devant servir le jeune M. Takamori ; mademoiselle Petit-Printemps, qui était la plus importante, devait servir monsieur l'étranger. Comme je passai devant monsieur l'étranger, il me fit signe de m'agenouiller et de lui remettre mon bol de soupe au lieu de le porter jusqu'à monsieur l'ingénieur. Quelle impolitesse de me désigner ainsi. Sa grossièreré dépassait le comble et je fus remplie de colère. Je continuai sans m'arrêter. D'ailleurs, l'intérêt de cette scène fut perdu, parce que mon amie mademoiselle Petite-Prune affirme encore qu'elle n'a rien vu. C'est impossible, elle était presque derrière moi. C'est une sainte nitouche et elle parle toujours suivant son intérêt.

Monsieur l'étranger s'étrangla en buvant le bouillon d'algues et il recracha burlesquement l'œil de *tai*[1] dans son bol, en retirant avec ses doigts des filaments d'herbes du fond de sa gorge. Évidemment, pendant que l'on boit, il faut maintenir les algues écartées de la bouche à l'aide des baguettes. On ne leur apprend donc pas à manger le bouillon

1. Sorte de dorade dont l'œil est très gros.

204

dans leur pays ! Mais cracher un œil de *tai*, le plat de poisson le plus renommé et le plus cher... Inouï !

Alors le monsieur d'Azabu fit un signe et quelques minutes plus tard, on apporta devant monsieur l'étranger une boîte de viande, une boîte de gâteaux, une boîte de poisson, et une bouteille de vin *Bordo*. Il mangea de tout impoliment, sauf le vin *Bordo* qu'il recracha aussi vite que le bouillon d'algues. Cela me fit rire derrière l'éventail, et monsieur le professeur Kamei, devant qui j'étais, crut que c'était à une plaisanterie de sujet théosophique qu'il venait de me faire et il se mit à rire beaucoup plus fort que moi.

Mesdemoiselles Petit-Printe...ps et Petite-Forêt étaient toujours en face de monsieur l'étranger, puisqu'il ne leur avait pas encore offert le *sake*. On aurait dit qu'il le faisait exprès.

Comme je continuais à rire, l'honorable-étranger se tourna vers moi, et me demanda mon nom, mon âge et mon mois de naissance. Un peu plus, il aurait demandé le nombre de mes dents, et je lui aurais dit qu'elles étaient si nombreuses que je n'ai jamais pu les compter sans me tromper. Même devant le miroir à bascule, c'est difficile, mais c'est amusant. On joue à qui en aura le plus.

Il n'aurait pas été décent de lui répondre moi-même, puisque mon honorable-aînée, mademoiselle Petit-Printemps était plus proche de lui. Elle lui apprit poliment mon nom et mon âge. Alors, tourné vers moi, il me tendit sa coupe et m'y versa le *sake*. Il voulait même me donner un morceau de gâteau en me disant de le tremper dedans.

Vous voyez le tableau ! C'était une insulte grossière envers mademoiselle mon honorable-aînée, et une plus grave encore envers le monsieur d'Azabu qui était l'hôte et qui avait choisi et fait venir celle-ci avec beaucoup de peine. J'étais confuse d'être l'occasion d'un tel scandale et, prosternée contre la natte, je bus très humblement le *sake*. Mademoiselle Petite-Forêt devait être très vexée et mon amie mademoiselle Petite-Prune ne pourrait pas nier avoir vu. Je me réjouissais d'avance d'avoir son aveu quand nous serions rentrées tout à l'heure à la *geishaya*. Évidemment, ce n'est pas honorable d'être affichée de façon aussi indécente, mais, comme on a l'esprit mal fait, on en tire honneur quand même.

Mon triomphe ne fut pas de longue durée. Monsieur l'étranger trouva moyen de demander à une honorable-servante si les dames ses invitées avaient bien mangé. La servante lui répondit qu'elles n'avaient pas encore fini, mais qu'elles ne mangeaient presque pas. Monsieur l'étranger laissa passer quelques minutes, puis il annonça qu'il se sentait un peu souffrant. Il jugeait préférable de ne pas rentrer ce soir à Tokio, et de rester se reposer cette nuit à l'hôtel.

Il fallut voir l'impression d'effroi produite sur ces messieurs. Ce fut comme si la lumière électrique s'assombrissait de moitié. Ils auraient souhaité disparaître aplatis sous les nattes. La catastrophe commençait comme il était prévu.

Ces messieurs montrèrent leur contrariété consternée, en renchérissant sur les paroles de monsieur l'étranger, en l'approuvant de toute leur force, en lui prodiguant leurs vœux et leurs condo-léances. Ils étaient si bouleversés qu'aucun ne songea à l'envoyer se reposer, car il en avait véritablement besoin ; son visage était devenu bleu-vert comme le jeune riz. C'était donc dans ce but qu'il avait mangé de toutes les boîtes européennes et essayé de manger dans tous les raviers japonais. Si, comme tout le monde, il s'était abstenu de nourriture, il n'aurait pas pu réussir à être malade. Les gens de l'Europe sont plus machiavéliques encore que nous.

Nous autres *geisha* n'étions nullement émues, car nous avions prévu de loin l'événement, et mademoiselle Petit-Printemps offrit à monsieur l'étranger trois pilules de « Jin-Tan » qui est le remède dans ce cas-là. Mademoiselle Petite-Prune me sourit finement du coin de l'œil pour me montrer qu'elle se moquait de moi. C'est ma meilleure amie, mais, parfois, elle est très agaçante.

Le dîner tirait à sa fin avec tristesse. On parlait maintenant de la langue espéranto, langage d'un pays que je ne connais pas. Mais je ne suis pas très forte en géographie. J'écoutai avec intérêt pour savoir s'il y a des demoiselles *geisha* dans cette contrée-là, si elles ont la peau blanche et comment elles sont habillées. Je n'obtins aucun renseignement.

Ces messieurs avaient achevé de ravager leurs raviers, on avait servi l'honorable-riz et, à tour de rôle, ils s'efforçaient de roter pour montrer à monsieur leur hôte que, tentés par la bonne chère, ils s'étaient laissés aller à commettre l'impolitesse de trop manger. Ils n'y parvenaient guère. Monsieur l'étranger, qui aurait pu facilement, n'essaya même pas.

Nous nous levâmes pour donner un numéro de danse qui marquerait la fin du repas. Nos honorables sœurs-aînées s'agenouillèrent au fond de la pièce avec leurs mandolines, les deux jeunes fillettes s'agenouillèrent devant avec leurs petits tambours, et mademoiselle Petite-Prune et moi, debout devant les musiciennes, nous prîmes la pose préparatoire pour danser.

Comme je l'avais deviné, nous allions donner « *Kappore* », la plus célèbre dans le répertoire de nos danses modernes. Ces messieurs l'écoutent toujours avec le même plaisir. L'air de la chanson est très gai et ils la savent par cœur. Ils connaissent aussi les figures du ballet et, s'ils veulent s'amuser, ils peuvent imiter la danse sans se lever, avec la tête, le buste et les bras. S'ils ont bu davantage, ils peuvent venir danser au milieu de nous, mais nous n'y tenons pas.

Au premier départ des musiciennes, je sentis qu'une fois encore ce serait manqué. C'est pourtant facile de jouer du petit tambour. On en a deux qui sont accordés en quinte. On se met à genoux. L'un est à cheval sur votre genou[1] et maintenu par le coude gauche. L'autre est à cheval sur l'épaule droite et maintenu par la main gauche. On attend, les yeux fixes et la bouche entrouverte, comme si on surveillait l'approche d'un papillon venimeux. Puis, aux temps 1 et 3 de la musique, on pousse un petit cri perçant. Aux temps 2 et 4, on frappe alternativement sur chaque tambour. C'est simple ! Il y a d'autres rythmes, mais cela revient au même. Le

1. Le petit tambour est en forme de diabolo.

difficile est de faire du bruit, parce que l'on frappe le tambour avec le plat de ses quatre doigts réunis, et le plus généralement on ne produit qu'un faible son.

Évidemment, les deux jeunes fillettes ne sont pas encore très vigoureuses. Pourtant, elles sont bien nourries. Au premier repas du matin, que peuvent-elles avaler comme concombres ! Elles ne m'en laissent jamais.

Pas plus que d'habitude, on n'entendait les tambours et le rythme n'y était pas. Cela me rendait la danse beaucoup plus difficile. Je devais faire exactement les mêmes pas que mademoiselle Petite-Prune. D'abord, on dessine avec les pieds des 5 de chiffre [1]. C'est pour faire voir qu'on a des kimonos de dessous dont le dessin est assorti avec celui du kimono de dessus. Puis on se met de profil et on balance les bras comme si on sonnait la cloche. Mais ce n'est pas ça, on manœuvre un bateau, parce que « *Kappore* » est l'histoire d'une barque chargée de mandarines. Pendant tout ce temps, les honorables-aînées chantent ce qui se passe.

A un moment donné, on fait trois pas en arrière puis trois pas en avant, on frappe trois fois dans ses mains, et on crie d'un ton aigu : « *Kappore* ». A cette minute précise, l'honorable-servante Hana-San apparut dans un des corridors. Elle était très affairée et se montra consternée de nous trouver en train de danser. De ses deux doigts levés, elle me fit

1. Le chiffre 5 n'a pas la même forme au Japon qu'en Europe, mais il n'est pas très différent.

signe « Deux ! Deux ! » Je n'y comprenais rien et j'étais bouleversée. Déjà, Hana-San avait disparu dans la pièce de derrière, pour parler à mademoiselle Petit-Printemps au travers de la cloison de carton.

Alors le bruit de la musique cessa presque complètement. C'était pour mieux entendre Hana-San. Il y eut derrière moi dans l'orchestre un grand brouhaha. Il s'agissait certainement du pari. Comme je réfléchissais à ce que ce pouvait être, je perdis la mesure, manquai une reprise et me trouvai en retard de cinq ou six pas sur mademoiselle Petite-Prune qui en bonne âme, avait continué à tournoyer sur elle-même. Et, d'humiliation, je me troublai encore davantage.

Ma maladresse n'aurait pas eu d'importance. Les musiciennes ne s'occupaient pas de moi et le monsieur d'Azabu avait disparu de sa place, sans doute pour régler la facture de madame l'hôtelière ; les autres messieurs ne me regardaient pas, sauf l'honorable-étranger qui écarquillait ses yeux mais ne pouvait rien voir. En effet, on avait allumé la lumière électrique juste avant la danse, et comme il occupait la place d'honneur au milieu, il y avait entre lui et moi, dans son rayon visuel, toute la file des ampoules brillantes qui pendaient du plafond.

Malheureusement, je distinguai au fond du corridor tout un groupe agenouillé pour jouir du spectacle. Il y avait monsieur le vieux masseur de l'hôtel, cinq honorables-servantes, dont une de l'hôtel voisin, et la petite souillon qui aide à la cuisine. Dans le groupe je reconnus Mizu-San, et je devinai que, jalouse d'avoir laissé annoncer par Hana-San une nouvelle importante, elle raconterait ce soir ma maladresse à madame l'hôtelière qui ne m'aime pas. Madame la patronne de ma *geishaya* en serait avertie et, comme elle ne transige pas sur ces questions-là, je me ferais vertement tancer.

C'est sur ces tristes réflexions que je terminai la danse. Les mandolines étaient désaccordées et les tambours poussaient des grognements funèbres. Heureusement que la mélodie était très gaie.

J'appris alors la nouvelle. La dame mariée et la demoiselle avaient demandé qu'on leur préparât le matelas et la moustiquaire ; elles paraissaient décidées à se coucher toutes les deux. Mon pari était virtuellement perdu, et déjà mademoiselle Petite-Prune s'excusait de l'avoir conclu contre moi. J'étais contrariée au possible. Néanmoins, comme j'ai de la morale, j'adressai une pensée à *Fudo-Sama*[1] pour que monsieur l'étranger se contentât de la demoiselle et négligeât la dame mariée.

On avait enlevé les plateaux. Ces messieurs attendaient sans espoir une invasion de moustiques géants, quelque chose enfin qui eût pu bouleverser les tristes projets de monsieur l'étranger. Je pensai que l'on ne s'attarderait pas ce soir. Pas de petits jeux, pas même de ces concours de beauté qu'on organise en nous agenouillant en file, et dont je sortais généralement la victorieuse. Pour s'égayer, mesdemoiselles mes amies se livraient à de petits tours d'adresse avec leurs éventails. Par exemple, on fait pivoter l'éventail ouvert, en équilibre sur la

1. Terrible divinité bouddhique.

pointe du petit doigt. Que les messieurs essayent donc !...

J'étais agenouillée auprès de M. Yamaguchi et monsieur l'étranger était en train de lui dire qu'il avait trouvé la danse très gracieuse et merveilleusement exécutée.

Alors arriva l'événement.

Madame l'hôtelière apparut dans le corridor et me fit de l'œil un signe imperceptible qui signifiait qu'elle avait à m'entretenir. Je me levai discrètement et la suivis. J'étais très contrariée envers Mizu-San puisque je devinais qu'il s'agissait de ma maladresse à la danse.

Nous nous agenouillâmes face à face dans la pièce voisine, au milieu des monceaux de vêtements de ces messieurs qui formaient comme autant de petits mausolées. Elle me salua en disant : *Suzushiu gozaimasu*[1]», ce qui est poli. Nous nous prosternâmes longuement trois fois, en touchant du nez la natte, et nous échangeâmes des compliments renouvelés. Enfin madame l'hôtelière à demi prosternée, m'apprit que Sa Seigneurie monsieur l'étranger, malencontreusement indisposé, était obligé de passer la nuit dans l'humble-hôtel Umematsuya. Le monsieur d'Azabu, désirant honorer son invité très auguste, faisait demander si je n'étais pas fatiguée et si je ne voyais pas d'obstacle à prolonger une heure de plus mon honorable engagement, pour faire écouter à Sa Seigneurie, si toutefois elle en montrait le désir, quelques chansons classiques accompagnées sur la mandoline japonaise.

---

1. « Il fait une honorable fraîcheur » (en plus poli).

Ces paroles de madame l'hôtelière me transportèrent de honte et de fureur. Pouvait-elle trouver une plus grossière façon pour me proposer cette nuit de *mélanger les oreillers* avec un monsieur présenté de la journée, un monsieur occidental encore. S'il ne s'était agi que de la musique, est-ce que l'on m'aurait demandé mon avis. Mais il arrive que les dames sont indisposées de temps en temps... Si je n'avais pas eu ma crème blanche séchée sur la figure, elle aurait vu que mon sang avait quitté mes joues.

Je m'inclinai profondément, et pendant que j'étais prosternée, je lui gazouillai une phrase très longue et très polie, qui en elle-même ne voulait rien dire, mais vu la circonstance signifiait que je ne mangeais pas de ce riz-là, et qu'elle pouvait s'adresser ailleurs à d'honorables-demoiselles.

Alors madame l'hôtelière chercha en vain à me prendre par les sentiments. Elle recommença ses phrases de façon plus polie et moins brutale, en sanglotant chaque fois qu'elle prononçait le nom du monsieur d'Azabu. Je devais ainsi deviner que le monsieur d'Azabu était ennuyé d'avoir présenté à messieurs ses amis un honorable-étranger ignorant des bons usages, et qu'il voulait empêcher en outre l'honorable-étranger de se déconsidérer sans le savoir.

En somme, elle me demandait de me dévouer pour un certain nombre de messieurs envers qui je n'avais pas d'obligations. Je connais le caractère de madame l'hôtelière ; elle est très émotionnable, mais ça lui profite toujours. On appelle ça : *larmes du Diable*.

Dans la circonstance, voici pourquoi tu sanglotais, honorable-madame l'hôtelière :

Évidemment, qu'un seigneur étranger de marque, au sortir d'un banquet de cérémonie demeure une nuit à ton hôtellerie avec des demoiselles du peuple qu'il a fait venir spécialement d'un faubourg de Tokio, demain toute l'île en fera des gorges chaudes. Mesdames les concurrentes qui te guettent donneront de la publicité à l'anecdote. Ton hôtel sera marqué de la tache ineffaçable du ridicule. Messieurs tes clients n'oseront plus venir pour ne pas sembler se mêler à cette aventure grotesque. Ils n'oseront plus acheter les marchandises que vend le monsieur d'Azabu, mais tu t'en soucies peu. Ce n'est pas cela. Dès la semaine prochaine ton hôtel descendra de catégorie.

Mais que monsieur l'étranger dorme avec une demoiselle *geisha,* c'est tout à fait différent. Ton honorable-négociation t'apportera du profit. En outre, l'aventure devient un petit scandale piquant et élégant qui rejaillit honorablement sur l'hôtel. C'est chic parce qu'on sait que cela coûte de l'argent, et que l'argent ne suffit pas : il faut la manière. Le monsieur d'Azabu, auprès du public, acquiert une considération glorieuse puisqu'il s'est montré d'une munificence de *daimio*[1]. Monsieur l'étranger est honorablement plaisanté. Messieurs tes clients viendront à l'hôtellerie dès qu'ils en auront la possibilité afin d'entendre de ta bouche le récit détaillé de l'anecdote. Tout le monde en

1. Grand baron de l'ancienne féodalité japonaise.

bénéficiera sauf moi qui serai curieusement dégradée, et montrée du doigt.

Aussi ses arguments ne me touchaient nullement... Seulement en terminant, elle ajouta entre deux sanglots que le monsieur d'Azabu ne s'inquiétait pas du cadeau. Cela signifiait que je pourrais demander ce que je voulais.

Alors j'eus comme un éblouissement. Sur le *kakemono* qui était pendu là-bas devant moi, je vis apparaître un gigantesque appareil photographique, brillant et neuf, tremblotant comme sur l'écran du cinématographe et environné de nuages et de lumière.

Sans réfléchir et laissant à peine passer le temps voulu, je me prosternai profondément. Pendant que j'avais la face contre les mains sur la natte, je chuchotai simplement ces mots : « 78 yen 50 ».

C'était cher, c'était même très cher. Mais c'était le prix de l'appareil photographique Kodak N° 3 *bis*, objectif en verre anastigmatique, obturateur qui donne la pose et l'instantané, et mise au point réglable à plusieurs distances. Je l'ai vu à une devanture : il est assez gros et merveilleusement nickelé.

Après le temps convenable elle se prosterna, ce qui voulait dire que c'était entendu, et elle me demanda poliment d'attendre ici, où elle allait me servir un honorable-dîner. D'un mot elle me fit même comprendre que l'honorable-cadeau serait de 80 yen. Tant mieux, cela couvrirait les frais du remboursement postal.

Elle disparut, me laissant seule à méditer. Je me dis d'abord que j'avais été naïve. Madame l'hôte-

215

lière avait carte blanche. J'aurais demandé 20 yen de plus et j'aurais pu avoir l'appareil N° 4 qui est plus lourd, mais qui est de format carte postale. C'est bien amusant. On peut envoyer à toutes ses amies, et même à soi-même, son portrait sur carte ouverte, et par la poste. On ajoute négligemment au dos que la vue a été prise avec votre nouvel appareil. Quelle impression cela produit sur toutes et sur les messieurs du bureau de poste !

Je pensai alors à monsieur l'étranger. Avec un autre de ces messieurs j'aurais été beaucoup moins émue. Cela vous préoccupe un peu de se marier à l'impromptu et par fatalité avec un monsieur venu exprès de l'autre bout du monde. Dans la vie publique, il venait déjà de montrer des manières si anormales. Qu'est-ce que ce serait dans l'intimité ? Je fus remplie de crainte trouble.

J'avais sur messieurs les étrangers deux renseignements contradictoires. Le premier venait de l'amie d'une amie de mademoiselle Petite-Prune, qui avait connu par mégarde un marin écossais à Yokohama. Ces gens-là se nourrissent presque exclusivement de bœuf cru, ce qui leur donne énormément de sang ; alors ils sont, en amour, d'une fureur terrible, mais agréable. Nous en avons été toutes très impressionnées.

Le second renseignement venait de mademoiselle Petite-Tortue qui, l'autre mois, s'est trouvée à servir dans un banquet un monsieur de Tokio très riche et qui va tous les ans en Europe pour ses affaires. Ce monsieur pour l'instruire lui a donné beaucoup de détails sur les habitudes de ces pays. Il paraît que, là-bas, les messieurs éprouvent une

répulsion irraisonnée à s'approcher des dames
nues. C'est pour cela qu'ils ont si peu d'enfants.
Leur infirmité les ennuie beaucoup, et ils essaient
de s'en corriger par de curieuses méthodes. Par
exemple, ils construisent avec du marbre des dames
nues, deux fois plus grandes que nature. Et ils les
exposent dans tous leurs jardins publics, aux
endroits les plus visibles. C'est pour habituer l'œil
de leurs petits garçons qui jouent en ce moment à la
patinette dans les allées, et les entraîner à se marier
plus tard sans frayeur.

Autre chose. Il paraît qu'en Europe les dames
mariées changent de robe toutes les deux heures,
pour en porter de plus en plus échancrées au fur et à
mesure que la nuit approche. Par exemple, lorsqu'au repas du soir de monsieur leur époux elles
versent respectueusement le thé dans son bol de riz,
leur robe permet à celui-ci de voir la moitié
supérieure de leurs seins, ou s'il préfère ce côté, leur
dos tout entier. C'est pour entraîner monsieur
l'époux à la regarder tout à l'heure encore moins
vêtue. Du reste cela lui fait peur et il éteint, paraît-
il, généralement la lumière.

Tout cela est bien extraordinaire. Ici c'est différent. Aussi bien nues qu'habillées, nous sommes
toujours exposées à subir à brûle-pourpoint l'atta-
que d'un monsieur. Mais dans les pays étrangers,
tout est possible. Cela nous explique pourquoi ils
impriment tellement de cartes postales illustrées
uniformément marquées « Salon de Paris », que les
bateaux allemands sont obligés chaque mois de
nous en apporter l'excédent. Ces cartes représen-
tent des dames très belles et très nues, qui, à l'aide

d'un grand miroir, parviennent à laisser voir à la fois leurs deux faces. Là-bas, c'est pour donner à leurs petits garçons quand ils auront été sages à l'école. A Enoshima nous en faisons toutes collection. J'en ai cinquante-trois différentes et douze beaux doubles à échanger. Mais nous ne recherchons pas ces cartes pour le même motif qu'eux. C'est si amusant de savoir comment mesdames les étrangères sont faites. Elles ont les cheveux jaunes comme la paille de riz ; et surtout leur peau est d'un rose merveilleux, absolument comme la chair de langouste...

Madame l'hôtelière m'apporta poliment l'honorable-thé et une boîte laquée remplie de *soba* que je mangeai avec précipitation.

Je réfléchis à nouveau à mon appareil photographique. Je me vis agenouillée au centre de toutes mes amies, déballant précautionneusement l'appareil hors du papier de soie, l'ouvrant avec difficulté, puis expliquant à toutes comment le diaphragme s'augmente et se rétrécit comme si c'était du caoutchouc. Ensuite je les laisserai admirer dans le viseur comme tout devient petit. Réclamant le silence, je poserai l'appareil dans un compotier de porcelaine pour faire entendre plus fort le bruit du déclic. Enfin après avoir fait briller au soleil la lentille grande comme une montre, agenouillée en face de mes amies émerveillées, j'astiquerai soigneusement l'objectif avec ma meilleure poudre de riz.

C'est sur ces pensées agréables que je revins dans la salle du banquet. J'y trouvai un tel changement que je crus m'être trompée de pièce. A part monsieur l'étranger qui affectait innocemment de n'être au courant de rien, tous ces messieurs exultaient, débordaient de gaieté. Leur cauchemar était enfin terminé et de la plus heureuse façon. Au moment où j'entrai, monsieur le professeur Kamei achevait visiblement de complimenter de son initiative le monsieur d'Azabu, qui fit revenir du *sake,* puis en hôte modeste, s'agenouilla à jouer humblement dans un coin à « Pigeon vole » avec mademoiselle Petite-Glycine. Monsieur le professeur Kamei voulut faire redonner *Kappore* et désirait danser au milieu de nous. La conversation avait changé aussi. On parlait femmes ! Car M. Yamaguchi accroupi en face de mademoiselle Petite-Prune, lui détaillait avec minutie de quelles prouesses était capable madame son épouse ; et elle, par politesse, était obligée de pousser sans cesse des cris d'admiration.

Du côté de mesdemoiselles mes amies je vis bien qu'il y avait eu des mouvements divers. Évidemment, je fautais, et nulle n'avait le droit de m'approuver. Mais puisque j'étais sérieuse depuis un an, quelle somme avais-je dû exiger ! La valeur supposée du cadeau les avait impressionnées. On jugeait ma conduite avec réserve, mais sans sévérité exagérée. Quelle est celle qui n'a jamais péché contre les mœurs ! Par politesse, aucune ne fit un geste à mon entrée. Seule mademoiselle Petite-Tortue qui prend modèle sur moi, et qui s'étonne facilement, me regarda avec des yeux ronds comme des *kai*[1].

Le monsieur d'Azabu donna le signal du départ, à cause du train de 8 h 29, qu'il ne fallait pas

1. Sorte de gros coquillage.

manquer, et ces messieurs allèrent se rhabiller dans la pièce voisine. Nous les suivîmes, pour les aider gracieusement à remettre leurs vêtements. Monsieur l'étranger qui restait à l'hôtel, demeurait immobile et silencieux dans son kimono de nuit.

Quant au jeune M. Takamori, il n'y avait nul besoin de s'inquiéter de lui. Il y avait vingt minutes, qu'après avoir fait un signe furtif au monsieur d'Azabu, il s'était levé et avait disparu sans laisser de traces, nous laissant seules avec les honorables-vieillards, ce qui était très impoli à notre égard. Ce matin quand il avait posé le pied dans le wagon, ce jeune insignifiant monsieur savait déjà dans quel endroit particulier de l'île d'Enoshima il irait passer sa nuit.

M. Yamaguchi s'était rhabillé le premier et accroupi dans un coin, il griffonnait à toute vitesse sur un bloc-notes. Il me fit signe de venir et en riant il me dit de lire après-demain le journal *Yedo Todai*. J'y trouverais un récit très amusant et très complet de tous les événements de la soirée. Alors, je ne sais pas si j'ai bien fait pour mon avenir, et si elle le savait, madame ma patronne me punirait sévèrement, mais j'ai supplié et obtenu la promesse qu'il ne citerait pas mon nom, seulement celui de ma *geishaya*. Que voulez-vous, c'est à cause de monsieur mon amoureux.

Nous reconduisîmes jusqu'à la porte de l'hôtel le groupe de ces messieurs. Assis sur la marche de l'entrée, ils remirent leurs chaussures. Pendant ce temps, avec madame l'hôtelière et mesdemoiselles les servantes, nous multipliâmes les politesses.

Nous disions aimablement : « *Itte irrasshai* »[1] et nous suppliions les messieurs d'arriver sans encombre à Tokio.

Monsieur l'étranger, vêtu du kimono de nuit, était debout au milieu de nous. Au moment de partir, les messieurs lui firent dix mille compliments polis. Ils le remercièrent d'avoir pu, grâce à lui, passer une si précieuse soirée, et l'implorèrent de prendre garde à sa santé.

Le monsieur d'Azabu lui dit de toutes les façons possibles que la musique japonaise prolongée serait le meilleur remède à l'état mélancolique de son estomac. Surtout que l'honorable étranger me fasse chanter « Les Mille Mouettes », cette mélodie ancienne qui est si poétique !

Je les entendis qui s'éloignaient joyeusement dans la nuit. Monsieur le professeur Kamei fredonnait de la gorge la chanson de *Yasugibushi* qui est un peu vulgaire. Il n'a pas l'habitude de boire le *sake*.

Mesdemoiselles mes compagnes avaient disparu au plus vite pour aller dîner, et monsieur l'étranger était parti vers sa chambre, conduit par madame l'hôtelière. C'était au N° 16, je saurais bien trouver seule. Je parcourus les interminables corridors craquants, en tenant la mandoline que l'on avait laissée pour moi, puisqu'officiellement c'était la seule raison de ma présence.

J'étais un peu préoccupée de ce qui allait arriver. Il me ferait peut-être du mal : pendant toute la soirée il s'était montré si maladroit de son corps. Demain mesdemoiselles mes amies me recevraient

1. « Partez avec honneur » (en plus poli).

froidement, c'est-à-dire avec des démonstrations de politesse exagérées. Mais elles ne garderaient pas longtemps cette morgue, anxieuses de connaître les détails passionnants de la nuit. Je dirais ce que je voudrais.

Je craignais plutôt les messieurs des prochains dîners. Je me serais déconsidérée en me commettant avec un étranger et ne serais plus une demoiselle digne de figurer dans un banquet correct. Mais on saurait par le journal les circonstances et comment je m'étais dévouée uniquement par bienséance.

Les cloisons à glissières du N° 16 étaient ouvertes, et l'honorable-chambre était vide. C'était une vaste pièce de dix nattes. Au centre, sous l'ampoule de 100 bougies, se trouvait une table basse où étaient posés une bouteille de limonade et un compotier de fruits. Au porte-manteau de bambou laqué étaient pendus les vêtements de monsieur l'étranger. Et dans un coin par terre le téléphone : il y a toujours le téléphone dans les chambres d'hôtel. Devant moi la baie était ouverte sur le balcon qui desservait aussi les chambres suivantes. J'avais à peine eu le temps de m'agenouiller quand l'honorable-servante Hana-San entra essoufflée par la baie du balcon. Elle me raconta précipitamment ce qui se passait. Monsieur l'étranger avait voulu savoir comment ses honorables-invitées étaient logées, et si leur chambre était suffisamment grande. Le bon apôtre ! La pièce était fermée et pas une lueur ne passait par les carreaux de papier, les occupantes devaient reposer. Madame l'hôtelière lui proposa d'entrer et d'allumer pour qu'il puisse juger aussi

222

de l'intérieur, mais il se montra satisfait. Hana-San avait suivi sans aucun prétexte, et c'est pour cela qu'elle se bousculait tant. L'inexpérimentée. N'aurait-elle pas pu, par exemple, porter une cruche d'eau comme pour remplir le bassin qui sert à se laver les mains devant les cabinets.

Monsieur l'étranger entra suivi de madame l'hôtelière, et pour se donner une contenance Hana-San déboucha la limonade si brutalement qu'elle en versa la moitié sur la table. Madame l'hôtelière eut un cri larmoyant en voyant si peu de comestibles. Elle s'excusa avec émotion et envoya Hana-San qui rapporta un second compotier de fruits et une nouvelle bouteille de limonade. Naturellement pas de verre pour moi, ça n'aurait pas été correct. Tout était pour monsieur l'étranger.

Après des compliments polis, madame l'hôtelière et Hana-San se retirèrent en fermant la cloison derrière elles.

Pour la première fois de ma vie j'étais seule avec un monsieur à peau blanche. Il était assis à terre, les jambes placées comiquement devant lui. Il paraissait gêné dans ses mouvements. Pourtant le sol plan est le soutien naturel de l'homme et il aurait dû savoir y reposer avec confort autre chose que la plante de ses pieds. Messieurs les Occidentaux n'ont pas encore appris à s'asseoir comme tout le monde. Sans siège à sa portée, il paraissait aussi désorienté qu'un orang-outang tombé par inadvertance du cocotier natal. Mais il était beau et imposant comme un grand singe sauvage. Quelle taille ! Quelle corpulence ! J'en fus un peu troublée.

Il ne bougeait pas, et pour m'occuper, je lui

préparai selon les règles une orange. L'étude m'en a demandé trois ans. On enlève d'abord la peau découpée suivant la figure d'une étoile de mer ; on en ouvre la chair en forme de fleur, puis avec une seule pointe de cure-dents on en retire les pépins et toutes les petites pelures. On présente alors les quartiers de l'orange gracieusement disposés sur le centre de leur ancienne peau. C'est une œuvre d'art. Mais, sans prendre le temps de l'admirer, ce monsieur la mangea.

Soudain, monsieur l'étranger se leva et disparut par le balcon. Il allait retrouver ces dames. Mon pari était perdu. Mais je devais cacher la vérité puisque j'étais là dans ce but. La nuit serait mouvementée et avec mes histoires lentement et savoureusement racontées, je serais l'idole de mes honorables-amies pendant plusieurs journées.

Ce n'était plus le temps des réflexions, la pièce fut envahie par un de ces terribles papillons venimeux. J'avais le devoir de le mettre à mort. Ma tâche était dure et ma crainte était grande, car nous nous mettons toujours au moins deux pour lutter contre un animal si redoutable. Dans chaque main, je tenais une feuille de papier de soie en double épaisseur, pour le capturer et me protéger en même temps de l'effrayant venin. Pour égarer ma poursuite, il voletait en zigzag autour de la lampe. Enfin il se posa contre un des piliers du *tokonoma* où je l'écrasai avec sauvagerie. J'empaquetai sa dépouille dans un petit tombeau de papier de soie que par prudence je calai sous un pied du téléphone. Malheureusement j'étais seule, personne n'avait pu admirer mon adresse et mon sang-froid.

Je reprenais ma respiration quand monsieur l'étranger entra tenant par la main la demoiselle de Ryogoku. Elle suivait d'un air soumis et souriant qui montrait qu'elle n'agissait pas suivant son plaisir. Je me repentis de l'avoir mal jugée jusqu'à présent, car elle devait probablement obéir à des ordres de monsieur son père.

J'étais curieuse de la voir. Je n'étais nullement amoureuse du monsieur, et je n'avais nullement envie de porter les cornes symboliques que la légende place sur la tête des femmes jalouses ; mais il est tout de même humiliant de se voir préférer une demoiselle qui n'est pas plus jolie que vous, qui est moins bien habillée et surtout qui n'est pas d'un rang distingué, puisque ce n'est pas une demoiselle *geisha*. Caprice d'un homme inculte !

J'eus pourtant un clin d'œil agacé, car elle portait, enfoncé dans sa ceinture, l'éventail noir qui est à la mode. Et moi, j'avais négligé d'apporter le mien.

Elle s'agenouilla devant lui qui s'était assis par terre. Elle se prosterna et le remercia de lui avoir permis de passer une très heureuse journée.

Monsieur l'étranger prit une bonne voie pour la séduire. Il lui décrivit de beaux cadeaux qu'il avait apportés pour elle et qui étaient tombés dans la mer. Elle approuvait, en remerciant et s'extasiant. Je me disais : « Crois-le si tu veux, pauvre naïve demoiselle, pour ma part je suis sceptique, je connais les messieurs et leurs promesses. Ces cadeaux sont de la même nature que le diamant de M. Takamori. Histoires pareilles à la fumée ! »

L'honorable-étranger exposa enfin ses désirs.

Elle se prosternait chaque fois silencieusement, laissant ainsi entendre qu'elle obéirait respectueusement mais sans plaisir.

Faute de comprendre, il lui offrit grossièrement de l'argent, ce qui ne doit se faire jamais que par intermédiaire. La demoiselle sourit poliment et refusa les billets. Elle avait, dit-elle, assez pour rentrer à Tokio. Elle remercia néanmoins beaucoup.

Il lui promit la discrétion. Et moi, je resterais cette nuit comme alibi ; il achèterait mon silence par un cadeau. Tant mieux, je pourrais avoir en plus un pied photographique à trois tiges nickelées, très utile pour se faire prendre en portrait. Je n'avais pas à me préoccuper des bobines de film, car je recevrais de la *geishaya* mon pourcentage sur mon engagement de cette soirée. Jusqu'à une heure du matin, il est vrai, car je serais censée rentrer à cette heure-là : l'honorable-police ne permet pas qu'on fasse de la musique plus tard.

Par discrétion je me disposais à me retirer sur le balcon, quand subitement l'honorable-étranger se livra envers la demoiselle à un acte réprouvé par la morale. La saisissant à bras-le-corps, il approcha sa bouche de la sienne pour lui faire *kisu*[1]. D'instinct je cessai de regarder. La bouche n'est pas faite pour cela : elle est faite pour manger et surtout pour parler. Mais grâce à leur esprit inventif, messieurs les Occidentaux ont imaginé il y a quelques années ce vice extraordinaire.

Je n'avais encore vu le *kisu* qu'au cinématographe

---

1. De l'anglais « *kiss* » ; le mot n'existe pas en japonais.

dans les films américains. Messieurs les auteurs s'en servent pour faire savoir au public que c'est fini et qu'il faut débarrasser la salle au plus vite. Cette façon est bizarre et scandaleuse. Les familles honnêtes obéissent et quittent aussitôt la salle sans se retourner. Les jeunes filles comme moi baissent la tête en mettant l'éventail sur leurs yeux, et elles sont bien heureuses d'entendre messieurs les étudiants pudiques multiplier les sifflets et le charivari. Il n'empêche qu'à chaque nouveau spectacle le scandale recommence...

Quand je rouvris les yeux je constatai avec soulagement que l'honorable-étranger avait dû abandonner sa tentative. La demoiselle aurait accepté tout, sauf cet acte antinaturel. Elle le regardait farouchement, serrant fort les lèvres, et ne pouvant dissimuler sa colère : c'était une honnête jeune fille.

A ce moment le bourdonnement du téléphone retentit. Monsieur l'étranger prit le récepteur. Ce n'était pas pour lui mais pour la demoiselle de Ryogoku. Je souris malgré moi. Le bureau de l'hôtel savait déjà que la demoiselle était dans la chambre N° 16, et il fallait que la communication fut bien importante pour qu'on l'eut laissé voir.

J'étais très curieuse de savoir l'objet de cette conversation téléphonique. Mais je ne pouvais rien deviner, la demoiselle disait seulement : « *Moshi, moshi ! Ha ! Ha !... Sayo de gozaimasu*[1] ! »

Elle raccrocha le récepteur, se leva avec un visage impassible et se dirigea vers la cloison du couloir ;

1. « Allô, allô... oui ! oui ! bien ! (en plus poli).

elle l'ouvrit en s'agenouillant comme on doit faire, puis étant passée de l'autre côté elle la referma de la même façon. J'entendis ses pas qui s'éteignaient dans le corridor.

Monsieur l'étranger n'avait pas bougé. Il attendait le retour de la demoiselle. Pour moi, à la façon décidée dont elle était partie, j'avais conclu qu'il ne la reverrait jamais. Elle avait été révoltée de sa brutalité immorale; réveillée par le téléphone, elle était maintenant sur la route de Tokio. Son départ me faisait perdre le pied photographique, mais je ne lui en voulus pas; j'aurais agi comme elle.

Pour occuper les loisirs, je pris la mandoline et j'en tirai un ou deux sons de temps à autre. Je jouais une mélodie à la mode.

L'honorable-étranger sortit de la pièce pour chercher la demoiselle et erra quelques minutes par tout l'hôtel, sous prétexte de chercher les cabinets. Le prétexte était mauvais, car l'odeur s'en reconnaît toujours à soixante pas.

Dès qu'il fut parti, j'eus un trait de lumière. La raison du départ de la demoiselle n'était pas le *kisu*, c'était le téléphone. Elle avait parlé très poliment à l'appareil jusqu'au moment où elle avait raccroché le récepteur sans dire « *Sayonara* » [1]. Pour commettre ce manquement aux usages, il fallait que la fin de la conversation l'eût complètement troublée et mise hors d'elle-même. Que lui avait-on dit? Je brûlais d'envie de le savoir, mais il fallait attendre d'avoir vu mesdemoiselles les servantes; elles seraient certainement au courant. Je supposais que

1. « Au revoir » (en plus poli).

la question d'argent n'avait pas été réglée assez nettement d'avance. Monsieur son père l'avait rappelée à l'ordre.

L'honorable-étranger rentra les yeux égarés et il me dit d'aller discrètement m'enquérir au bureau de l'hôtel. Que voilà une commission agréable, n'est-ce pas ? Heureusement je sais m'exprimer et ce n'est pas de moi que l'on rirait, ce serait de lui.

A ce moment Mizu-San et Hana-San entrèrent à la file, soi-disant pour préparer le matelas de monsieur l'étranger, car elles étaient supposées se coucher de bonne heure. En réalité, je vis qu'elles avaient une grande nouvelle à faire savoir et que ni l'une ni l'autre n'avait voulu manquer l'effet produit.

Elles repoussèrent d'abord la table basse dans un coin, puis Hana-San ouvrit le placard et en tira trois matelas minces qu'elles empilèrent par terre au milieu de la pièce. Nous autres n'en employons qu'un, mais on sait que messieurs les étrangers ont les membres plus mous.

Mizu-San, d'un ton détaché, annonçait la nouvelle. La demoiselle de Ryogoku était passée devant le bureau, avait pris à l'entrée son ombrelle et ses *geta* et avait disparu sans dire au revoir. Elle tenait sa main sur la bouche. Probablement une rage de dents...

La perfide Mizu-San me faisait comprendre qu'elle avait épié la scène du *kisu*. Déjà cela devait soulever les commentaires indignés de mesdemoiselles les *geisha* et des servantes des hôtels voisins. Je fus vexée parce que je comptais demain sur le succès de cette anecdote. Hana-San m'avait regardée tout ce temps pour pouvoir raconter plus tard l'impression produite sur moi. Je fus impénétrable.

Mais monsieur l'étranger mordit à l'habile plaisanterie de Mizu-San. Il demanda si la demoiselle avait mangé ce soir : « Hélas, presque rien. Elle était déjà certainement malade. Quel dommage pour tout le monde. Une cliente si avenante et si gracieuse ! »

Les matelas étaient naturellement trop courts. Hana-San avec sa main ouverte comme outil d'arpentage, mesura en riant la longueur de monsieur l'étranger. Elle disposa au bout des autres un matelas plié en trois. Cette rallonge suffirait.

Monsieur l'étranger demanda à Mizu-San si on pouvait rejoindre la demoiselle. Cette question la remplit de joie ! Hélas non ! Mademoiselle la jeune fille marchait bien vite, et elle devait être à cette heure dans le tramway qui correspond au train de 9 h 17 pour Tokio. Rien à faire.

Monsieur l'étranger eut un mouvement d'ennui qui nous amusa beaucoup. Mesdemoiselles les servantes étendirent le drap, puis la couverture ouatée. Elles placèrent à la tête du lit un gros oreiller d'homme, et un seul puisque l'honorable-étranger était censé dormir solitaire : l'hôtel Ume-matsuya est un hôtel correct. L'honorable-seigneur ne voulut pas de cet oreiller sous prétexte qu'il était trop dur, et demanda qu'on lui ficelât ensemble deux coussins plats. Quel personnage bizarre et difficile. L'oreiller d'homme est très mou, c'est un boudin rempli de balle de riz comprimée. Que dirait-il s'il dormait comme moi, la nuque posée sur un petit oreiller de bois rembourré seulement d'un cahier de papier de soie. Parce que les cheveux sont graisseux; alors chaque soir on tourne une nouvelle page du petit cahier. Un vrai calendrier!

Mizu-San cherchait naturellement à rallumer l'intérêt de son histoire et comme c'est une fine mouche elle eut une idée. Elle se précipita subitement au téléphone et dit qu'elle allait appeler à l'appareil monsieur le chef de gare de Fujisawa. Monsieur l'étranger pourrait lui parler au sujet de la demoiselle qui allait arriver à la station. Ce n'était peut-être pas la peine qu'elle aille jusqu'à Tokio. Il y a un bon dentiste à Kamakura, l'honorable-étranger pourrait l'y faire conduire.

A notre surprise monsieur l'étranger arrêta Mizu-San avec le bras, et lui dit qu'il ne voulait pas déranger monsieur le chef de gare de Fujisawa. Nous n'y comprîmes rien. On dérange les gens pour bien moins.

Ce passionnant épisode était donc clos; nous le regrettions toutes trois, mais il n'y avait rien à faire. Les deux honorables-servantes avaient étudié à loisir les expressions successives de nos physionomies, elles pouvaient maintenant disposer la grande moustiquaire verte qui s'accroche aux quatre coins de la pièce, et qui assombrit beaucoup la lumière de l'ampoule électrique.

Hana-San s'efforça de passer les anneaux de la moustiquaire aux crochets du mur, et comme elle est toute petite, monsieur l'étranger la prit aimablement dans ses bras pour l'élever. Elle riait beaucoup en criant qu'il la chatouillait. En voilà une qu'il aurait pu posséder facilement s'il l'avait désiré!

231

Pendant cet intermède, je demandai à Mizu-San le secret de la communication téléphonique. A ma stupéfaction, elle ne savait rien. Comment ! Elle ne connaissait pas le procédé simple qui permet à l'honorable-servante qui se tient au central téléphonique d'écouter la conversation de messieurs les clients. Cela se fait partout. Sincèrement j'aurais cru Mizu-San plus capable. Ainsi je ne saurais jamais l'agaçant mystère du téléphone. Quel ennui ! Pour connaître, j'aurais presque donné le diaphragme de mon appareil photographique.

La moustiquaire était posée et ces demoiselles se retirèrent en saluant. Seulement, avant de disparaître, Hana-San sortit du placard et plaça discrètement derrière le téléphone un tout petit oreiller de femme. C'était pour moi, on ne le voyait presque pas. L'hôtel Umematsuya est un hôtel très correct.

Monsieur l'étranger était de plus en plus morne. La lumière filtrant à travers la moustiquaire le rendait de teinte vert sombre ; le spectacle était funèbre. L'honorable-seigneur ne faisait rien, sauf de se gratter les jambes, à cause des moustiques. De temps en temps, j'en capturais un d'une seule main comme je sais faire, mais les vivants venaient venger les morts.

Pour distraire l'honorable-étranger avec de la musique de son pays, je proposai d'aller lui chercher le phonographe de l'hôtel qui peut jouer deux airs européens pleins de passion : « Pot-Pourri » et « Tippearary ». Il refusa. C'est vrai qu'ils ne sont pas très distincts. La musique japonaise est la seule qui supporte le phonographe ; le grincement du disque ne nuit pas.

J'aurais pu lui chanter « Les Mille Mouettes »,

mais la chanson n'est rien moins que gaie. Il paraissait avoir sommeil. Contrairement à toutes conjectures, la nuit serait sans histoire.

C'est alors que madame l'hôtelière entra à l'improviste sous prétexte de proposer un ventilateur électrique. Mais comme je le devinai bientôt, elle avait été attirée par la seule curiosité de surprendre l'intimité d'un monsieur étranger de dimensions pareilles : cela devait être magnifique.

Notre spectacle la déçut, mais elle ne laissa rien voir. Elle s'agenouilla devant l'honorable-étranger, plaisantant poliment de choses et d'autres et, au bout d'un moment, elle entrouvrit furtivement le kimono de nuit de monsieur son hôte. Un kimono de nuit s'entrebâille facilement lorsqu'on est assis par terre. Elle n'aperçut rien que ce qu'elle avait dû voir pendant l'honorable-bain-chaud.

Alors en souriant et en plaisantant respectueusement, elle se mit à lui prodiguer des agaceries et des caresses. L'honorable-étranger se laissait faire sans récriminer, maintenu par un sentiment exagéré de politesse. Madame l'hôtelière lui raconta en riant qu'elle procédait ainsi autrefois du temps de monsieur son défunt mari. Ah ! ces dames mariées, qu'elles sont hardies, et comme elles osent prendre avec messieurs leurs époux des initiatives que nous ne risquerions jamais avec messieurs nos amants !

Alors soudain je vis les yeux brillants de monsieur l'étranger se diriger de mon côté. Il donna à madame l'hôtelière l'ordre de disparaître au plus vite, et celle-ci se prosterna longuement en lui faisant le compliment traditionnel qui était de circonstance.

Madame l'hôtelière avait sans doute espéré un miracle, car pendant qu'elle se retirait, je l'entendis murmurer des réflexions désappointées. Dans la vie, l'imagination nous entraîne souvent en dehors de la réalité.

Elle ne dut pas s'écarter bien loin, je n'entendis pas le corridor craquer. Mais son intervention m'évita les préliminaire européens qui m'auraient bien ennuyée. L'honorable-étranger alla droit au but. J'eus à peine le temps de défaire l'*obi* et les six autres rubans successifs qui fixent mes robes autour de ma taille. Je lui défendis d'y toucher : avec ses mains grosses comme ma tête, il aurait embrouillé tous les nœuds.

Monsieur l'étranger passa la nuit en ma seule compagnie. Par le sacrifice de ma personne, l'honneur de tous ces messieurs et l'honneur de l'hôtel ont été sauvés.

Eh bien ! J'ai été déçue, extrêmement déçue.

D'abord, je pus me rendre compte que les honorables-Occidentaux sont fous. — A un moment il eut un cauchemar, et il rêvait en mauvais japonais ; il s'écria : « Monsieur le chef de gare de Fujisawa, vous avez raison : je suis le *seyo-na kanabumbum*[1]. » Que pouvait-il vouloir dire ? Je n'y ai rien compris.

Les honorables-Occidentaux sont sans éducation et sans culture, dans l'état où les nôtres se trouvaient au début du règne de Sa Majesté *Jimmu-Tenno*[1]. Nous rejoindront-ils jamais, c'est impossi-

1. M. à m. : l'être bourdonnant et doré de la région des mers de l'Ouest. En français : le hanneton d'Europe.
2. Premier empereur du Japon, fils d'un Génie céleste, et dont le règne se place environ 1500 ans avant J.-C.

ble. Mais ils ont grand besoin de se laisser civiliser par messieurs nos braves émigrants.

Ces critiques ne sont rien, passons au principal. Les exploits des mangeurs de viande ne sont, hélas, qu'une légende, et j'ai toutes raisons de préférer monsieur mon amoureux !

Par vanité l'honorable-seigneur m'énuméra ses bonnes fortunes. Toutes des demoiselles peu élégantes. Il tirerait avantage à fréquenter les demoiselles *geisha,* qui le poliraient un peu. Les malheureuses personnes qu'il a connues se sont trouvées punies de leur curiosité ou leur naïveté. Mais hélas ! l'expérience de l'une ne sert jamais aux autres.

Tout cela sont de mauvais souvenirs. N'y pensons plus ! Dimanche je verrai monsieur mon jeune ami et nous étrennerons ensemble mon nouvel appareil photographique.

Une chose pourtant m'obsède, je n'arrive pas à me débarrasser de mon inquiétude. Figurez-vous que vers le milieu de la nuit, ce monsieur occidental, sous prétexte d'avoir plus d'air, a déplacé le matelas et l'a étendu de biais dans la pièce, en pleine direction du couchant. J'ai eu beau protester, rien n'y a fait. Or, il est écrit dans la Religion que le matelas doit être disposé parallèlement à l'axe de la chambre-tête des habitants du côté du nord. Si on agit autrement on offense les Génies, et pour se venger ils vous jettent le Mauvais Œil.

Sûrement dimanche, toutes mes vues seront manquées. Et par sa faute !

CHAPITRE VIII

O-TSUKI-SAMA

Ici s'élève une chapelle ;
Ses tuiles sont brisées, et le brouillard vient y brûler
*   un perpétuel encens,*
Ses portes sont tombées, et la Lune
Y suspend une lampe éternelle[1]*...*

C'est hier soir que m'est arrivée cette aventure
extraordinaire, qui sera le sommet de ma vie.

Je suis étudiant à Tokio, et la saison des examens
a commencé. Ils sont longs et épuisants. Tokio à
présent est rempli de sueur et de poussière. Alors
avec un camarade, entre deux examens, nous
avions été nous reposer quelques jours dans une
auberge de Katase. La vie n'y est pas trop chère : le
repas coûte vingt sen. Nous travaillons dans la
chambre ouverte de tous côtés à la lumière et au
vent de la mer, ou bien nous nous promenons.
L'existence ici est simple et libre. Nous reprenons
des forces, car j'en ai besoin : je n'ai que dix-neuf
ans ; cela me fait encore dix ans d'examens. Chaque

1. *Ohara go-ko*, drame classique japonais. Trad. N. Péri.

236

fois ils sont plus difficiles et la perspective est dure. Et quand j'aurai terminé ces études, que deviendrai-je ? Un professeur, un fonctionnaire... J'acquerrai de la considération, mais peu d'argent. L'argent est méprisable et le proverbe le dit : « Un porte-monnaie qui s'emplit devient sale comme un crachoir. » Je travaillerai pour l'honneur.

Nos honorables Ancêtres ont créé notre civilisation. Il faut travailler pour augmenter leur œuvre et travailler déjà pour la maintenir. La Nature ici n'est pas pour l'homme tendre comme ailleurs. Chaque année pendant deux mois les typhons dévastent nos maisons et nos récoltes. Tous les vingt ans nous supportons un raz de marée ou un grand tremblement de terre. Sans l'effort renouvelé des vivants, tout s'efface vite.

Pour apprendre notre langue nous devons passer à l'école deux ans de plus que les jeunes gens d'Europe, parce que notre écriture est compliquée. Et ensuite il nous faut faire les études scientifiques dans une langue étrangère, parce que les termes techniques ne se comprennent pas dans notre langage. Tout cela prend beaucoup de temps et d'efforts.

De temps en temps on propose d'adopter l'alphabet romain des Occidentaux. Il ne le faut pas. Nous devons garder notre écriture qui est celle des écrivains anciens. C'est elle qui dirige notre façon de penser et de donner son individualité à notre peuple. Pour rester nous-mêmes, cela vaut la peine que chacun de nous sacrifie en plus à l'école quelques années de sa vie. C'est une sorte de service militaire, encore plus honorable que l'autre et peut-être même plus utile. Je sens que mieux encore que l'autre, il défend l'intégrité de notre caractère national...

Hier soir, c'était la pleine lune et la nuit s'annonçait magnifique. Laissant mon camarade endormi, j'étais sorti sur la plage pour aller saluer l'honorable-Lune.

Je ne sais pas comment la Lune brille sur les autres pays et comment les étrangers la regardent... Pas de la même façon. Ils ne peuvent l'aimer comme nous, parce que la Lune est vraiment japonaise. Nous lui attachons tant de significations et de souvenirs. Elle est étroitement mêlée à notre histoire nationale, qui vit dans notre esprit par le théâtre, les peintures et les poèmes.

Lune de l'époque du Grand Hideyoshi, qui a éclairé les héroïques combats de nuit. J'imagine les lames de sabres brandies, les casques et les armures bruissantes, les combattants blanchis de ta lumière. Que messieurs les Ancêtres étaient grands ! Tu fus témoin des exploits des honorables quarante-sept *ronin*[1]. En te regardant, ils puisèrent l'énergie de la décision sauvage et froide pour retrouver l'honneur perdu.

La Lune n'appartient pas seulement à nos guerriers, mais encore à tous les artistes, aux âmes mélancoliques et sensibles. Que de brèves élégies, que de légendes, que de chansons douces s'appuient sur elle et nous apportent le parfum des anciens siècles !

Pour rêver et pour réfléchir, la lumière du soleil

1. Vassaux d'un seigneur féodal.

ne convient pas. Elle est trop chaude et trop brutale et la journée est trop bruyante d'intérêts mesquins. La clarté lunaire affine les émotions et trempe les décisions.

Il y a dix mille façons de contempler la Lune, et toutes ont été célébrées. Lune d'hiver qui illumine un paysage de neige ; Lune qui dessine à terre l'ombre légère d'une treille de glycine. Lune du lac, que l'on regarde d'un pavillon choisi ; les uns rêvent, quelqu'un scande le fragment d'un drame ancien et au rythme des vers ton reflet danse parmi les iris d'eau.

Lune solennelle qui t'encadres dans le portique d'un temple, entre la cloche et sa corde pendante. On regarde appuyé à un pilier, et on pense. Tu fais vivre la cloche, et les lanternes infinies qui pendent à la voûte. Du plus profond du sanctuaire on entend le tam-tam sacré des tambours des bonzes vénérables qui psalmodieront toute la nuit les litanies de la Divinité dont nous sommes l'écorce, Toi et nous.

Lune spirituelle et joyeuse d'un soir d'été, où l'on vogue en barque sur la rivière. L'air est léger des chansons et des rires de mesdemoiselles les *geisha*. Tu luis entre les lampions qui pendent au dais de la gondole. Tu dessines de frissons lumineux le sillage de la barque et les caresses de la brise sur la rivière. La nuit s'écoule finement, dans l'oubli de la fatigue et du souci.

Les uns préfèrent telle ou telle de ces nuits. Cela dépend de leur caractère. J'aime admirer la Lune sur la mer. Le spectacle est plus âpre et plus nu, mais rien ne le rapetisse. On se sent enveloppé par le monde immense.

La nuit dernière, je m'étais promené un moment sur la plage de Katase et je m'étais assis sur une barque abandonnée qui était comme un piédestal où je pouvais mieux jouir de la solitude. J'étais seul.

Quand je suis ainsi ému, je veux toujours être seul. Nous autres Japonais nous ne sommes pas semblables aux Occidentaux, ces gens impudiques et qui me choquent.

Ils répugnent de montrer leur corps sans vêtement. Pourquoi? Par pudeur disent-ils. C'est de l'enfantillage. Tous les corps se ressemblent et les autres savent bien d'avance comment le vôtre est fait. Par contre, ils laissent voir au premier venu leurs affections de famille, leurs émotions, leur vie sentimentale, tout ce qui plus que leur corps constitue leur personnalité. Pourquoi n'ont-ils pas la pudeur de tenir tout cela au secret? Ils s'agitent pour la joie ou pour la douleur. Ils se grisent de leurs émotions et celles-ci disparaissent quand s'évanouit l'orage de gestes qui les a accompagnées. Nous autres sommes plus sentimentaux. Nos sourires et nos gestes sont seulement un langage de politesse convenue, ils ne doivent pas laisser voir notre cœur. Nos émotions demeurent en nous-mêmes. Contenus et mûris par la volonté, les mouvements de l'âme s'affinent et s'exaspèrent. Ils durent le temps d'engendrer de hautes actions.

J'étais solitaire sans bouger et je m'emplissais de la grandeur de la nuit. Tout ce que je viens de raconter me venait à la pensée par bouffées : les souvenirs de l'histoire, les poètes d'autrefois, les rêves d'adolescence. La lumière lunaire m'écrasait et me vidait dans l'âme universelle du pays.

Un moment j'entendis un bruit lointain sur le sable et je regardai. Venant d'Enoshima, quelqu'un avançait sur la plage, et sa marche était irrégulière. Soudain l'inconnu s'abattit et demeura immobile. Quelques minutes passèrent.

Moitié d'inquiétude et moitié de curiosité, je descendis de la barque pour aller à la découverte.

C'était une jeune fille qui était allongée sur le sable; elle avait la figure cachée par ses manches. Son ombrelle gisait contre elle.

Je m'agenouillai à son côté. Poliment et doucement, je lui demandai si elle n'avait besoin de rien et si je pouvais l'aider en quelque chose. Elle ne fit aucun geste qui prouvât qu'elle m'eût entendu. Après quelque temps j'essayai de découvrir son visage et elle résista. J'attendis comme je sais attendre.

Soudain elle s'agenouilla comme je l'étais, me salua profondément, puis d'une voix musicale et dure, elle me dit qu'elle n'était pas malade. Elle s'était arrêtée là pour réfléchir. Elle n'avait pas besoin de mes bons offices et me priait plutôt de la laisser seule... Il était visible qu'elle souffrait. Elle ne méritait pas d'être abandonnée à sa souffrance. Je restai, et à force de persuasion et de paroles douces, je lui fis peu à peu et par bribes raconter son histoire.

Elle se trouvait en promenade à Enoshima et là-bas à l'hôtel elle avait appris une nouvelle grave. Mademoiselle sa jeune cousine lui avait téléphoné de Tokio pour lui dire que pendant son absence il était arrivé une lettre recommandée à son nom. La lettre contenait un mandat de 50 yen et elle était écrite par madame sa grand-mère de Kozu. Madame la grand-mère lui envoyait cet argent pour payer ses dettes et lui permettre de faire des achats indispensables. Elle lui disait aussi de prendre un prochain train pour Kozu afin de s'y marier dans la quinzaine suivante. Se marier.

Mademoiselle la jeune fille savait bien qu'elle se marierait un jour, puisque par l'intermédiaire de madame sa grand-mère elle était fiancée depuis l'âge de treize ans à monsieur le fils d'un honorable-marchand de Kozu. La nouvelle l'avait troublée parce qu'elle ne croyait pas l'événement si proche, et elle avait éprouvé le besoin d'être seule. Alors laissant mesdames ses amies, elle était repartie vers le train de Tokio. Chemin faisant elle avait fait halte pour se reposer et réfléchir. Voilà tout.

Je la félicitai de quitter prochainement son modeste rang de jeune fille pour devenir une honorable dame mariée.

Elle me remercia poliment, mais j'avais déjà deviné qu'elle souffrait. Je voulais savoir pourquoi, parce que j'avais le désir de la consoler un peu. Elle paraissait si naïve avec des sentiments si frais et si vifs.

En la questionnant progressivement j'appris que monsieur son fiancé était un garçon fort et droit. Il était étudiant, et à la dernière course inter-universitaire, il était arrivé troisième au sommet du Mont Fuji ; elle en était fière. D'ailleurs elle savait qu'il aimait les femmes et qu'il avait du goût pour elle. Il ne dédaignerait pas madame son épouse, et elle lui était déjà vouée de corps et d'âme.

Par contre, après bien des réticences, elle finit par

242

me laisser deviner que ses futurs beaux-parents lui faisaient un peu peur. Monsieur son beau-père était « un homme qui boit l'honorable-*sake* », et madame sa belle-mère avait la réputation d'être un peu dure et avare.

Je lui dis qu'elle n'avait rien à craindre. En échange de son amour et son dévouement, monsieur son époux serait là pour l'assister et la défendre s'il le fallait jamais.

Elle me répondit que malheureusement monsieur son époux serait presque toujours absent puisqu'il faisait son instruction dans une autre ville et qu'elle devrait vivre naturellement au foyer de messieurs ses beaux-parents. Elle aurait préféré attendre qu'il eût terminé ses études et c'est pour cela qu'elle avait un peu de tristesse.

Mais voici ! Messieurs ses beaux-parents mariaient en ce moment celle de leurs jeunes filles qui avait son âge, et on avait besoin d'elle pour remplacer la partante, c'est-à-dire pour coudre les vêtements et pour aider à la boutique. C'est pourquoi son mariage avait été précipité. C'est la règle et il n'y avait rien à dire, mais elle en avait pourtant du chagrin...

Elle allait cesser sa vie heureuse, indépendante et impulsive. Ne rien prévoir du lendemain. Ne plus se rappeler le passé vieux de huit jours. Agir gaiement.

Elle allait livrer sa fraîche nature à la dure tutelle de deux vieillards qui la traiteraient comme une servante et en chefs absolus lui durciraient le cœur et l'esprit dans la rigidité de la tradition de sa définitive famille. L'autre serait à peu près morte pour elle. C'est la coutume obligatoire. Ainsi se

243

perpétue la permanence religieuse de la famille, le respect aux volontés arbitraires des vieillards, l'adoration des Ancêtres.

Toutes ces choses sont nécessaires. Elles forment la trame de notre vie sociale. Elles font notre grandeur et notre force. L'Empire est formé d'un faisceau de familles robustes et vivaces, dont les racines tenaces s'emmêlent dans la légende du passé. Au centre et les dominant toutes, la Famille Impériale.

Ces règles sont bonnes : la nation est unie solidement et elle prospère. Mais cette loi est dure pour les femmes ; leur sexe n'a pas été avantagé le jour de leur création, et on peut remercier la Nature d'être né homme.

D'ailleurs si le hasard a été plus doux pour moi, je sens peser sur mes épaules le devoir de cette vie épuisante d'études et d'examens. Moi-même est-ce que je choisirai librement mon épouse. Non ! Quel que soit le sexe nous avons chacun une tâche dure et nécessaire, imposée par l'exemple et la volonté des Ancêtres. Il faut être dignes d'eux.

Je désirais cependant la consoler. Pauvre petite demoiselle ! Je lui dis que monsieur son beau-père avait certainement un caractère jovial. Elle parviendrait vite à savoir le prendre. Et si madame sa belle-mère était économe, elle-même deviendrait riche plus tard. Monsieur son époux ne serait pas toujours absent. A chacun de ses retours ce serait pour eux deux une nouvelle lune de miel. D'ailleurs un jour prochain il reviendrait définitivement au foyer.

Elle m'écoutait pensive, mais ne souriait toujours

244

guère. Alors je lui décrivis l'honneur de la cérémonie du mariage, le bandeau blanc, la coiffure, avec les épingles figurant des cigognes et des pins, le rituel solennel de la triple coupe de *sake*.

Nous évaluâmes quelle somme sa famille allait dépenser pour les vêtements qui constitueraient sa dot ; et alors seulement elle commença à s'intéresser à l'entretien. Nous discutâmes la composition de son trousseau. Elle m'expliqua ce qu'elle possédait en fait de kimono et d'*obi* et comment elle les transformerait. Dans un élan de sincérité, elle me dit que, au lieu de payer ses dettes qui n'étaient pas pressantes, elle allait certainement employer les 50 yen de madame sa grand-mère à s'acheter un *obi* mauve en soie de Hakata dont elle avait un besoin absolu pour l'été. J'avais gagné peu à peu son intime confiance car elle venait certainement de me confier le projet qui lui tenait le plus à cœur.

La vénérable Lune était voilée depuis un moment par un nuage qui la découvrit tout d'un coup. Saisis au cœur par la beauté de la nuit, nous en demeurâmes tous deux sans parler ni bouger. Le spectacle était magnifique. La Lune était montée haut dans le ciel et sa lumière se reflétait droit sur la mer. La plage de Katase au jour est vulgaire, parsemée de papiers et de paille. Toutes ces imperfections étaient effacées et le sable paraissait pur et comme glacé de gel. Les barques en démolition avaient pris une majesté nocturne, et derrière nous le village avait vêtu un magnifique kimono de nuit : tout noir piqueté de points or. L'île d'Enoshima était dessinée par le triangle de toutes ses lumières, dans la forme d'un candélabre de temple. La mer sous la Lune était comme un cerisier vivant, plus brillant encore que les vrais, et qui sans cesse défleurirait et refleurirait plus jeune. Le ciel avait la couleur d'une ancienne laque d'argent. La Lune était splendide. Ronde comme un écran à éventer, blanche de sa lumière, son feu avait éteint toutes les étoiles. Immobile elle illuminait au passage l'écheveau des nuages de soie. Nous baignions dans sa clarté et, méconnaissables, nous étions devenus comme les fantômes de nous-mêmes.

Je me récitai un de ces poèmes chinois, vieux de plus de mille ans et où l'inspiration est si pure que le poète semblait mieux que moi me connaître : « *O Lune, cœur brillant de la nuit* ». Aurais-je pu trouver cette apostrophe moi-même ? Elle est trop sincère.

Mais la jeune fille ne comprenait pas la langue chinoise et il valait mieux évoquer pour elle des poèmes plus naïfs. Nous chantâmes ensemble la chanson que l'on apprend à l'école en deuxième année, si profonde en sa simplicité :

> *Voici la lune apparue,*
> *Ronde, véritablement ronde*
> *Comme un plateau à thé,*
> *La Lune.*

> *Cachée dans un nuage*
> *Noir, véritablement noir*
> *Comme le charbon de bois,*
> *La Lune.*

> *A nouveau la lune apparue,*
> *Ronde, véritablement ronde*
> *Comme un plateau à thé,*
> *La Lune.*

Sa voix était si fraîche que je m'arrêtai de chanter et je me revis tout petit à l'école.

Nous admirâmes ensuite le lapin qui est dessiné dans la Lune et nous comptâmes ses oreilles. C'est pour cette raison que sur les dessins le lapin est toujours représenté au clair de lune. On dit qu'il rêve d'elle.

Les yeux de mademoiselle la jeune fille étincelaient, et maintenant elle souriait quelquefois. Elle était attirante sous la lumière glacée qui la dépouillait de sa réalité. Le dessin de son visage et de son corps était parfait. Sur le sable son ombre était couleur de glycine... Elle aussi avait besoin de s'épurer des lourdes pensées qui l'obsédaient.

Nous étions agenouillés l'un près de l'autre, de biais. Mais chaque fois que je m'approchais davantage, elle se raidissait et ne voulait pas. Pourtant la nuit magnifique ne nous commandait-elle pas de nous mêler à la grandeur de la Nature et de faire fleurir de nous-mêmes tout le bonheur qui y a été déposé.

La Lune montait toujours plus haut dans le ciel. La vague chuchotait, et quand je prêtais l'oreille j'entendais venir du village la plainte infinie et monocorde des cigales... N'était-ce pas plutôt celle de son âme, à elle ?

Quelque temps passa ainsi sans changement. Peut-être se considérait-elle déjà liée par le

247

mariage, et qu'il lui était interdit de disposer de son corps. J'avais d'elle un désir qui me faisait souffrir comme si j'avais faim.

Une *mouche à feu* vint voleter près de nous, et en un instant nous fûmes entourés d'un zigzag de lumière dansante, comme une ronde d'Esprits, amicale et fantastique. La grandeur du spectacle me jeta hors de moi-même.

Attirant la jeune fille contre moi, j'enserrai sa poitrine de mes bras aussi fort que je pus. Déjà elle était toute molle et pâmée, la tête renversée et les yeux clos. Mais à la seconde même où je relâchai mon étreinte, elle enfouissait sa tête dans mon épaule et enlaçait mon corps de tous ses membres, tenace, souple et frissonnante comme le Saule qui symbolise les amoureuses dans les poésies de jadis.

Nous nous aimâmes éperdument sous la clarté lunaire, dans un délire de joie qui abolissait les préoccupations et les fatigues de la vie. Quelle amoureuse elle fut ! Et bien qu'elle eût sans nul doute connu avant moi d'autres jeunes hommes, j'eus l'illusion qu'elle s'illuminait cette nuit-là de la révélation.

Avec quelle sincérité elle me confia non seulement son corps charmant mais surtout son âme délicate, passionnée et éblouie, et qui m'éblouissait autant, son âme qui se révélait peut-être à elle-même, et dont elle me remettait d'un même élan candide le secret et la virginité.

Arrivés au sommet de notre exaltation, ivres de nous-mêmes et ivres de cette nuit, nous eûmes un certain moment l'idée d'aller nous noyer dans la mer dont la vague nous chuchotait inlassablement l'appel. Enlacés tous deux dans son *obi*, le corps et l'esprit joyeux, s'engloutir ensemble dans une apothéose lunaire et aller rejoindre nos Aïeux dans le monde éternel des Esprits...

Nous nous contînmes. Nous n'avions pas le droit de dévier ainsi nos destinées de la ligne marquée. C'eût été lâche envers notre race et lâche envers nous-mêmes.

La Lune baissait dans le ciel, les lumières d'Enoshima étaient éteintes. Nous nous endormîmes alors dans les bras l'un de l'autre.

Je me réveillai dans le petit jour gris et elle n'était plus là. J'avais froid, j'étais fatigué et j'avais la bouche amère. La plage avait repris son aspect banal. La vie de tous les jours recommençait.

Je pris un bain de mer pour me laver le corps et réveiller la volonté. Je rentrai vers l'auberge pour me restaurer, ayant décidé de garder à jamais en moi le secret de cette nuit. En passant je regardai le sable. Le vent avait déjà effacé la trace de ses *geta*, et presque entièrement la marque de son corps. J'étais durci de souffrance en pensant que je ne la reverrais jamais plus. Nous aurions vécu heureux une vie ensemble. Elle n'avait pu être que la compagne d'une nuit... La Destinée.

Je la revis pourtant. Le bruit s'était déjà répandu que l'on avait trouvé le corps d'une jeune fille auprès du groupe de rochers qui se trouve au bout de la plage de Katase, du côté de Kamakura. A cet endroit, il arrive quelquefois des suicides.

Pris de pressentiment, j'allai voir. C'était bien elle. La police n'était pas encore venue emporter le corps et il y avait seulement quelques curieux. La jeune fille était allongée sur le côté dans la pose abandonnée qu'elle avait prise pour s'endormir contre moi, et ses vêtements ruisselants d'eau de mer et collés à son corps la dénudaient presque aussi clairement qu'elle s'était dénudée cette nuit contre moi.

Comment connaissait-elle l'endroit?... C'était bien un suicide, car dans son porte-monnaie vide on avait trouvé un billet griffonné. Elle disait à monsieur son père, messieurs ses parents et amis de ne pas s'inquiéter. Son Esprit irait les visiter et les saluer au cours de la nuit de la prochaine Fête des Morts.

J'avais une profonde souffrance, mais je ne manifestai rien. Comme il venait d'autres curieux, je m'en allai. J'avais besoin de souffrir seul et sans être distrait.

Malgré moi, je revins à l'endroit où nous avions passé la nuit. Le vent avait maintenant tout effacé. A la pâle lumière du soleil levant, quelque chose scintilla devant moi dans le sable. C'était, pendu à une petite boucle de fil vert, un tout petit poisson de nacre qui avait dû être accroché au cordon de son *obi*. Cette vue redoubla ma souffrance. Pauvre poisson de nacre; bijou minuscule et modeste, qui pesait à peine dans le creux de ma main; symbole de son rang à elle dans la nature. Elle t'avait choisi cette journée pour se parer et pour porter bonheur.

Avais-je le droit de le garder comme souvenir? Non, cet objet n'est pas à moi. Elle ne me l'a pas donné. Elle l'aurait emporté où elle se rendait, pour se présenter dans l'au-delà sans qu'aucun petit détail ne manque à sa toilette. Souci de décence et de dignité.

Pour respecter sa volonté, quand il n'y aura personne, j'irai le jeter dans la mer à la place où elle est tombée.

Je ne crois pas beaucoup à la vérité de la Fête des Esprits, ou plutôt j'y crois parce qu'il le faut. Ce sont ces croyances qui font joyeuse l'idée de la mort. Elles rendent facile le libre sacrifice de la vie qui est la vertu de ma race.

Pourtant le mois prochain, durant la nuit sacrée, je quitterai Tokio en fête et je reviendrai seul sur cette plage de Katase.

Je monterai sur la barque. Il y aura clair de lune comme hier. Je réfléchirai à elle et à la signification de notre rencontre. Je m'efforcerai d'être sans chagrin. Et je sais que son Esprit viendra dans un souffle, me souhaiter bon courage pour continuer la vie.

Je ne parlerai jamais à la police ni à personne. Pourquoi faire ? Cela n'expliquerait pas son secret.

Pour quelles raisons s'est-elle tuée ? Si j'étais vaniteux je dirais que c'est parce qu'elle avait pris de l'amour pour moi, et qu'elle souffrait de devoir être l'épouse d'un autre. On peut croire aussi que c'est par chagrin de sa jeunesse finie, par effroi de l'austère mariage. D'autres personnes qui la connaissaient penseront d'autres motifs, et tous se tromperont également.

Pour moi la vérité est probablement la suivante. Au soleil l'univers n'est pas toujours plaisant à voir. Les paysages gracieux sont quadrillés par les fils télégraphiques, et les pensées des hommes sont ternies par la vanité ou l'intérêt. Par une nuit de lune tout se transfigure et se hausse ; on vit une vie supérieure. Le spectacle devient beau à suffoquer, et quand on est très impressionnable quelquefois on en meurt.

Je suis trop intellectuel et l'émotion me vient impure et transformée par le cerveau. A quel point déjà avais-je, moi, ressenti le sublime de la nuit. Mais elle, tout intuitive, toute proche de la vérité trop vive, elle avait subi un choc de bonheur trop émouvant à la source du cœur.

Quelques heures avant la mort de son corps, son âme avait déjà fondu, noyée par Ta clarté...

O-Tsuki-Sama[1]... C'est Toi la cause.

Shanghaï-Suez.

1. Très Vénérable Déesse Lune.

Impression Bussière à Saint-Amand (Cher),
le 21 septembre 1984.
Dépôt légal : septembre 1984.
Numéro d'imprimeur : 1127.
ISBN 2-07-037597-8./Imprimé en France.

34469